U0090954

古典文學研究輯刊

二三編

曾永義 主編

第27冊

石麟文集（第九卷）：
俗話潛流（選本）（上）

石麟 著

國家圖書館出版品預行編目資料

石麟文集（第九卷）：俗話潛流（選本）（上）／石麟 著 -- 初版 -- 新北市：花木蘭文化事業有限公司，2021〔民 110〕

目 2+146 面；19×26 公分

（古典文學研究輯刊　二三編；第 27 冊）

ISBN 978-986-518-366-0（精裝）

1. 中國小說 2. 中國文學史 3. 文學評論

820.8　　110000439

ISBN-978-986-518-366-0

古典文學研究輯刊

二三編　第二七冊　　ISBN：978-986-518-366-0

石麟文集（第九卷）：俗話潛流（選本）（上）

作　　者　石　麟

主　　編　曾永義

總 編 輯　杜潔祥

副總編輯　楊嘉樂

編　　輯　許郁翎、張雅淋　美術編輯　陳逸婷

出　　版　花木蘭文化事業有限公司

發 行 人　高小娟

聯絡地址　235 新北市中和區中安街七二號十三樓

電話：02-2923-1455／傳真：02-2923-1452

網　　址　http://www.huamulan.tw 信箱 service@huamulans.com

印　　刷　普羅文化出版廣告事業

初　　版　2021 年 3 月

全書字數　211587 字

定　　價　二三編 31 冊（精裝）台幣 82,000 元

石麟文集（第九卷）：
俗話潛流（選本）（上）

石麟 著

作者簡介

石麟，1953年出生於湖北省黃石市。曾任湖北師範大學文學院教授，中南民族大學文學院教授，現為湖北大學客座教授。同時擔任中國《水滸》學會會長，中國《三國演義》學會副會長，中國散曲學會理事，湖北省屬高校跨世紀學科帶頭人，湖北省有突出貢獻中青年專家。先後出版專著《章回小說通論》《話本小說通論》《中國傳統文化概說》《中國古代小說批評概說》《說部門談》《稼稗兼收》《李攀龍與後七子》《野乘瑣言》《傳奇小說通論》《通俗文娛體育論》《中華文化概論》《從「三國」到「紅樓」》《閒書謎趣》《中國古代小說評點派研究》《稗史迷蹤》《石麟論文自選集・戲曲詩文卷》《中國古代小說文本史》《從唐傳奇到紅樓夢》《古代小說與民歌時調解析》《石麟文集類編》（五卷本）《中國古代小說批評史的多角度觀照》《施耐庵與〈水滸傳〉》《俗話潛流》二十三部，與人合著《明詩選注》《金元詩三百首》二書，主編教材三套，參編參撰書籍十種，撰寫《中華活頁文選》六期，並在《文學遺產》《明清小說研究》《戲劇》《古代文學理論研究》《藝術百家》《文史知識》《中國文學研究》《中華文化論壇》等刊物上發表學術論文二百二十多篇。

提　　要

章回小說和話本小說，均可視之為通俗小說。本書標題所謂「俗話」，指的就是這兩類作品。除了四大名著、三言二拍這些一流通俗小說之外，二三流以下的小說也有很多閃光的亮點。況且，名著與一般小說之間，總有著剪不斷、理還亂的關係。這種「關係網」甚至涉及文言小說，甚至牽扯戲曲和民間講唱，甚至與史傳文學相關。而且這些相關處往往是很隱蔽的，一般讀者不易察覺。但其實，這正是中國小說史發展的潛在的流動，亦即本冊標題所謂「潛流」。於細微處討論大問題，從一滴水看大千世界。真正的中國小說史，應該從這些細微末節處尋找真材實料，並發現其內在運行規律。這就是本冊的努力方向，也是前面《閒書謎趣》《稗史迷蹤》共同努力的方向，三書是同一機杼的姊妹篇。

目次

挖墳盜墓與男歡女愛

挖墳盜墓與男歡女愛，原本是風馬牛不相及的兩件事，但是，在中國古代小說中，它們卻被生生地連接在了一起。不僅連接在一起了，而且還有兩大類別的表現方式。

一種方式是先有男歡女愛然後再有「善良」的挖墳，終於讓男女雙方締結連理；另一種方式是先有「惡意」的盜墓，最後在客觀上讓男女主人公男歡女愛或終成眷屬。

以上兩種方式也有一個共同點：躺在墳墓中的總是女性，而去挖墳掘墓的卻都是男人。

我們先看第一種方式。但在最早的此類范式的故事中，那可憐的女性死亡者是沒有復活的。

> 談生者，年四十無婦，常感激讀《詩經》。夜半，有女子年可十五六，姿顏服飾，天下無雙。來就生，為夫婦之言：「我與人不同，勿以火照我也。三年之後方可照。」為夫妻，生一兒，已二歲。不能忍，夜伺其寢後，盜照視之，其腰已上生肉如人，腰下但有枯骨。婦覺，遂言曰：「君負我！我垂生矣，何不能忍一歲而竟相照也？」生辭謝。涕泣不可復止，云：「與君雖大義永離，然顧念我兒。若貧不能自偕活者，暫隨我去，方遺君物。」生隨之去，入華堂，室宇器物不凡。以一珠袍與之曰：「可以自給。」裂取生衣裾留之而去。後生持袍詣市，睢陽王家買之，得錢千萬。王識之，曰：「是我女袍，此必發墓。」乃取考之，生具以實對。王猶不信，乃視女冢，冢完如故。發視之，果棺蓋下得衣裾。呼其兒，正類王女，王乃信

之。即召談生，復賜遺衣，以為主婿。表其兒以為侍中。（《列異傳·談生》）

《列異傳》的作者一直有爭議，或謂曹丕，或謂張華，但無論是曹是張，或者竟曹、張均不是，此書乃魏晉時作品則無疑慮。因為南朝裴松之《三國志注》，北朝酈道元《水經注》均曾引用此書。以上所引《談生》，是《列異傳》中非常著名的篇章。青年男女幽明相愛，令人感動。更為感人的是，鬼女將自己生還的希望寄託在男人的愛戀之中。但是，男人愛女鬼太熱烈了，等不到「三年之後」就急急忙忙想看一下心愛的人兒，結果，卻因為匆忙而負了卿卿！但這女子的魂靈實際上已經「復活」了，因為她為男人留下了自己的血脈，並且還為丈夫和兒子考慮到將來的生計問題。殊不知，一件珠袍竟然招致挖墳之禍，好在女子的父親，高貴的睢陽王明白事理，在印證了女兒確實與談生幽明相戀以後，給女婿和外孫安排了美好的未來。最終，只有那可憐的郡主永遠沉湎於茫茫黑暗之中，儘管她已經將美麗和光明返照到了心中戀愛的人身上。

毫無疑問，這位女鬼形象是淒豔動人的。但是，人們在被她感動之後，總會有一種說不出的遺憾：她為什麼不活過來呢？而當廣大讀者的這一願望越來越強烈之後，我們的小說家們一般都會想方設法滿足人民的渴求的。可不，此後的同類題材故事就接二連三地寫被「挖墳」後的女子的復活。

廣平太守馮孝將男馬子，夢一女人，年十八九歲，言「我乃前太守徐玄方之女，不幸早亡，亡來四年，為鬼所枉殺；按生籙乃壽至八十餘，今聽我更生，還為君妻，能見聘否？」馬子掘開棺視之，其女已活，遂為夫婦。（《幽明錄·馬子》）

這裡的馬子真是一個膽大妄為的多情男兒，僅僅因為一個女鬼的夢中囑咐，他就可以冒著極大的風險挖墳掘墓。他的大膽換回了豐碩的果實，女鬼活了，並且理所當然地成為了他的妻子。千萬不要小看這個簡短粗略的故事，它可是在中國小說史上創造了一種新的範型：到墳墓中去挖一個老婆！為了「開掘」老婆而挖墳，當然是一種善意而又多情的挖掘。正因如此，這樣的故事才會感人，也才會得到多次的模仿和改造。而且，後來居上，故事越寫越動人，尤其是挖墳過程的描寫，也越來越具體、生動。且看同一個故事被馮夢龍改編後的「挖墳復活」一段：

女計生日至，具教馬子出己養之方法。語畢，拜去。馬子從其言，至日，以丹雄雞一隻，黍飯一盤，清酒一升，醊其喪前。去廄十餘步，祭訖，掘棺出，開視女身，完全如故。徐徐抱出，著氈帳中，唯心下微暖，口有氣。令婢四人養護之。常以青羊乳汁瀝其兩眼。始開口能咽粥，積漸能語。二月持杖起行，一期之後，顏色、肌膚、氣力悉復常。(《情史・馬子》)

其實，早在馮夢龍之前的唐代，這種「到墳墓挖一個老婆」的寫法就已經被許多種文學樣式發揚光大了。我們不妨先看唐代小說《廣異記》中的兩例：

開元中，易州司馬張果女，年十五病死。不忍遠棄，權瘞於東院閣下。後轉鄭州長史，以路遠須復送喪，遂留。俄有劉乙代之。其子常止閣中，日暮仍行門外，見一女子容貌豐麗，自外而來。劉疑有相奔者，即前詣之，欣然款浹。同留共宿，情態纏綿，舉止閒婉。劉愛惜甚至，後暮輒來，達曙方去。經數月，忽謂劉曰：「我前張司馬女，不幸夭沒，近殯此閣。命當重活，與君好合。後三日，君可見發，徐候氣息，慎無橫見驚傷也。」指其所瘞處而去。劉至期甚喜，獨與左右一奴夜發。深四五尺，得一漆棺。徐開視之，女顏色鮮發，肢體溫軟，衣服妝梳，無污壞者。舉置床上，細細有鼻氣。少頃，口中有氣。灌以薄糜，少少能咽，至明復活，漸能言語坐起。(《張果女》)

吉州劉長史無子，獨養三女，皆殊色，甚念之。其長女年十二，病死官舍中。劉素與司丘掾高廣相善，俱秩滿，與同歸，劉載女喪還。高廣有子，年二十餘，甚聰慧，有姿儀。……高曰：「固請說之。」乃曰：「兒本長史亡女，命當更生。業得承奉君子。若垂意相採，當為白家令知也。」高大驚喜曰：「幽明契合，千載未有。方當永同枕席，何樂如之！」女又曰：「後三日必生，使為開棺。夜中以面乘霜露，飲以薄粥，當遂活也。」高許諾。……至期，乃共開棺，見女姿色鮮明，漸有暖氣，家中大驚喜。乃設幃幕於岸側，舉置其中，夜以面承露，晝哺飲，父母皆守視之。一日，轉有氣息，稍開目，至暮能言，數日如故。(《劉長史女》)

兩篇作品的基本情節相似，僅掘墓與開棺略有差別。其實，棺而未埋謂之浮厝，也是一種臨時安葬方式，這些細微末節處可不必過分追究。這兩篇作品尤其值得注意的地方乃是對於掘墓或開棺以後救活女鬼的過程，都有較為細緻的描寫。所不同者，上一篇是青年男子偷偷摸摸的掘墓，後一篇則是家長知道詳情的公開開棺，但無論如何，這種「到墳墓挖一個老婆」的寫法都是溫暖多情的。

《廣異記》的作者戴孚，譙郡（今安徽亳縣）人，與顧況同為至德二年（757）進士，授校書郎，終饒州錄事參軍，卒年 57 歲。他的《廣異記》堪稱一部重要文言小說集，其傳奇小說含量之多是空前的，今天能看到的尚有四十多篇。其中，涉及妖異和婚戀甚或又豔又異的故事占量不小，上述二篇之外，尚有《戶部令史妻》、《趙州參軍妻》、《張李二公》、《李參軍》、《鄭相如》、《仇嘉福》、《汝陰人》、《華嶽神女》、《王玄之》、《李陶》、《李麐》、《李氏》、《韋明府》等。這些作品，均可視為《張果女》和《劉長史女》的文學共振和文化背景。

文言小說以外，話本小說也有這方面生動的描寫：

> 柳知府聽罷驚異，急喚人夫同去後園梅樹下掘開，果見棺木，揭開蓋棺板，眾人視之，面顏儼然如活一般。柳知府教人燒湯，移屍於密室之中，即令養娘侍婢脫去衣服，用香湯沐浴洗之，霎時之間，身體微動，鳳眼微開，漸漸蘇醒。這柳夫人教取新衣服穿了。這女子三魂再至，七魄重生，立身起來，柳相公與柳夫人並衙內看時，但見身材柔軟，有如芍藥倚欄干，翠黛雙垂，宛似桃花含宿雨。好似浴罷的西施，宛如沉醉的楊妃。這衙內看罷，不勝之喜，叫養娘扶女子坐下，良久，取安魂湯定魂散吃下，少頃，便能言語，起身對柳衙內曰：「請爹媽二位出來拜見。」（何大掄《燕居筆記》卷九《杜麗娘慕色還魂》）

這就是著名的湯顯祖「臨川四夢」最優秀的《牡丹亭》傳奇的本事。其中，「到墳墓挖一個老婆」的描寫學習的是《廣異記》中《劉長史女》一篇，亦即是通過了家長的發掘。但描寫杜麗娘死而復生的過程卻異常詳細，並且極有層次感，似乎真有那麼回事一樣。更為有趣的是，當湯顯祖將此篇小說改編為戲曲作品的時候，居然採取了《廣異記》中的另一種模式，亦即《張果女》模式：沒有家長的介入，純粹是多情男子的「犯法」行為。

> 【前腔】〔丑、淨鍬土介〕這三和土一謎鉏。小姐呵，半尺孤墳你在這的無？〔生〕你們十分小心。〔看介〕到棺了。〔丑作驚丟鍬介〕到官沒活的了。〔生搖手介〕噤聲。〔內旦作哎喲介〕〔眾驚

介〕活鬼做聲了。〔生〕休驚了小姐。〔眾蹲向鬼門，開棺介〕〔淨〕原來釘頭鏽斷，子口登開，小姐敢別處送雲雨去了。〔內哎喲介〕〔生見旦扶介〕〔生〕咳，小姐端然在此。異香襲人，幽姿如故。天也，你看正面上那些兒塵漬，斜空處沒半米蚍蜉。則他暖幽香四片斑斕木，潤芳姿半榻黃泉路，養花身五色燕支土。〔扶旦軟軃介〕〔生〕俺為你款款偎將睡臉扶，休損了口中珠。〔旦作嘔出水銀介〕……〔生〕怕風怎麼好？〔淨扶旦介〕且在這牡丹亭內進還魂丹，秀才翦襠。〔生翦介〕〔丑〕待俺湊些加味還魂散。〔生〕不消了。快快熱酒來。【鶯啼序】〔調酒灌介〕玉喉嚨半點靈酥。〔旦吐介〕〔生〕哎也，怎生呵落在胸脯。姐姐再進些，才吃下三個多半口還無。〔覷介〕好了，好了！喜春生顏面肌膚。〔旦覷介〕這些都是誰？敢是些無端道途，弄的俺不著墳墓？〔生〕我便是柳夢梅。(《牡丹亭》第三十五齣）

《牡丹亭》中的柳夢梅堪稱「到墳墓挖一個老婆」的集大成者，他的膽子實在太大了，一個四方遊學的書生，沒有任何背景和人脈，在那個舉目無親的陌生地方，居然敢去挖前任太守家千金小姐的墳墓，而且還帶著道姑及其侄兒癩痢前去。須知，在那個時代，未經官府或主家允許而私掘墳墓，那可是砍頭之罪。誠如書中人物道姑所言：「大明律：開棺見屍，不分首從皆斬哩。」（第三十三齣）就連傻不拉幾的癩痢都知道「到官沒活的了」。而這位遊學秀才，卻在男女情慾的鼓動激勵之下，冒著巨大的危險去挖掘杜麗娘的墳墓。這樣一個柳夢梅，毫無疑問較之《杜麗娘慕色還魂》中的柳衙內要「漂亮」得多、勇敢得多、大氣得多！因為那話本中的柳衙內並未曾發掘墳墓，挖墳的是其父母。因此，話本只是提供一個「話柄」而已，而湯顯祖筆下才在創造「人物」。進而言之，柳夢梅形象應該說超越了此前所有「到墳墓挖一個老婆」的癡情男兒，而且，他的這種動作行為還要通過舞臺上的表演，將其膽大妄為呈輻射狀地發散到千千萬萬的觀眾心底。如此說來，「善良」的挖墳這一類男歡女愛的故事本發自小說，不料卻被戲劇作品「集大成」並發展到光輝的頂點。這真有點小說史的悲哀、戲曲史的驕傲之意味。但話說回來，我們切不可將其推而廣之，認為許多同題材的故事最終都是戲曲高於小說的。之所以此類故事以《牡丹亭》為集大成，主要是它的作者「碰巧」是偉大的湯顯祖，而湯顯祖又只寫戲劇不寫小說。造成這一故事由戲曲作為頂峰的又一原因是，曹雪芹在《紅樓夢》中沒有寫過「到墳墓挖一個老婆」的情節，雖然絳珠仙草與神瑛侍者的故事有一點這方面的意味，但那畢竟太過「形而上」，故只好另作他論。這樣，便只好讓湯顯祖獨擅其美，而將「到墳墓挖一個老婆」的故事發揮到極致了。

以上所言，乃是善意的挖墳，為自己「挖一個老婆」的範型，但事情並非僅止於此，還有一種惡意的盜墓，卻「幫別人盜出一個老婆」的模式。先看故事後說話：

> 朱真道：「不將辛苦意，難近世間財。」抬起身來，再把斗笠戴了，著了蓑衣，捉腳步到墳邊。把刀撥開雪地。俱是日間安排下腳手，下刀挑開石板，下去到側邊，端正了。除下頭上斗笠，脫了蓑衣，在一壁廂。去皮袋裏取兩個長釘，了在磚縫裏，放上一個皮燈盞，竹筒裏取出火種吹著了，油罐兒取油，點起那燈。把刀挑開命釘，把那蓋天板丟在一壁，叫：「小娘子莫怪！暫借你些個富貴，卻與你做功德。」道罷，去女孩兒頭上，便除頭面，有許多金珠首飾，盡皆取下了。只有女孩兒身上衣服，卻難脫。那廝好會，去腰間解下手巾，去那女孩兒脖項上閣起，一頭繫在自脖項上，將那女孩兒衣服脫得赤條條地，小衣也不著。那廝可霎叵耐處，見那女孩兒白淨身體，那廝淫心頓起，按捺不住，姦了女孩兒。你道好怪！只見女孩兒睜開眼，雙手把朱真抱住。怎地出豁？正是：曾觀《前定錄》，萬事不由人。原來那女兒一心牽掛著范二郎，見爺的罵娘，鬥彆氣死了。死不多日，今番得了陽和之氣，一靈兒又醒將轉來。朱真吃了一驚，見那女孩兒叫聲：「哥哥，你是兀誰？」朱真那廝好急智，便道：「姐姐，我特來救你。」女孩兒抬起身來，便理會得了。一來見身上衣服脫在一壁，二來見斧頭刀仗在身邊，如何不理會得？朱真欲待要殺了，卻又捨不得。那女孩兒道：「哥哥，你救我去見樊樓酒店范二郎，重重相謝你。」朱真心中自思：「別人兀自壞錢取渾家，不能得恁的一個好女兒。救將歸去，卻是兀誰得之。」朱真道：「且不要慌，我帶你家去，教你見范二郎則個。」女孩兒道：「若見得范二郎，我便隨你去。」（《醒世恒言．鬧樊樓多情周勝仙》）

周勝仙，應該是宋元話本中情商最為豐富的小娘子。何以見得？在那個時代，有誰見過一個未婚少女為了嫁給心上人而與父親吵得一塌糊塗，竟然氣悶身死？又有誰見過死而復生並且被盜墓者強姦後的女孩子，竟然向強盜提出「若見得范二郎，我便隨你去」！還有誰見過當一個死而復生的女子被心上人失手打死之後，其魂靈竟然還要通過夢境「就和他雲雨起來，枕席之間，歡情無限」？不顧生死的愛戀，做人做鬼的追求！而且，是那樣地刁蠻，那樣地頑固，那樣地奮不顧身，那樣地恬不知恥。茫茫「情海」之中，唯周勝仙這一葉小舟，在那兒沉沒、漂起、再沉沒、再漂起，直至永遠沉沒……。

或許是因為周勝仙形象塑造得太過淒豔動人了吧，恕筆者斗膽說一句孤陋寡聞的話，中國小說史上再也不曾出現過周勝仙這種為了心上的人兒將自己燃燒成這般模樣的人物。因為周勝仙是無法複製的，就像杜麗娘無法複製一樣。這個勝仙小娘子，佔據了被「盜墓者盜出的多情女子」形象的巔峰極頂，無人可以再超越，就是再偉大的小說家也不能例外。謂予不信，請看蒲松齡的一次努力：

> 先是，庚娘既葬，自不知歷幾春秋。忽一人呼曰：「庚娘，汝夫不死，尚當重圓。」遂如夢醒。捫之，四面皆壁，始悟身死已葬。只覺悶悶，亦無所苦。有惡少窺其葬具豐美，發冢破棺，方將搜括，見庚娘猶活，相共駭懼。庚娘恐其害己，哀之曰：「幸汝輩來，使我得睹天日。頭上簪珥，悉將去。願鬻我為尼，更可少得直。我亦不泄也。」盜稽首曰：「娘子貞烈，神人共欽。小人輩不過貧乏無計，作此不仁。但無漏言幸矣。何敢鬻作尼！」庚娘曰：「此我自樂之。」又一盜曰：「鎮江耿夫人寡而無子，若見娘子必大喜。」庚娘謝之。自拔珠飾，悉付盜。盜不敢受；固與之，乃共拜受。遂載去。（《聊齋誌異・庚娘》）

庚娘與周勝仙相比，有很多共同點：同樣是離開人世被埋在黃土壟中，同樣是被惡少盜墓時挖掘出來，同樣是回到人間去見原先的戀人，但，她們之間卻有幾個要命的不同點。第一，庚娘死後，有一人告訴她即將到來的美好前景，而周勝仙卻處於默默無所聞的境況。第二，盜墓者見了庚娘是一片崇拜並稽首致敬，而周勝仙卻是慘遭蹂躪。第三，庚娘是被盜墓者恭恭敬敬抬回人間，而周勝仙卻是再次被騙而回到齷齪的人間世界。第四，庚娘被盜離墳墓後迎接她的是美好的明天，而周勝仙卻被真正打死只有夢中片刻的歡娛。還有，……

好了，毋庸贅言！僅憑以上四點，筆者就可斷定庚娘形象感動讀者的程度遠遠不及周勝仙。因為，在追求愛情、幸福的過程中，二人雖然都經受了層層打擊、乃至生死考驗，但庚娘總是吉人自有天助，總能逢凶化吉、遇難呈祥，而周勝仙卻總是雪上加霜、黃連苦膽。質言之，周勝仙的悲劇比庚娘更具悲劇性！周勝仙所面對的、所經歷的乃是一個徹頭徹尾、徹里徹外的極大悲劇！

但周勝仙沒有屈服，沒有低頭，她一往無前地按照自己的性格邏輯走到了生命的終點，不！應該說是另一個生命的起點，周勝仙是真正涅槃的鳳凰。

相比較而言，僅從「被盜墓者挖出來」死而復生的女性形象的塑造這一點出發，聊齋先生的這次模仿未能超越原著，因此，基本上是失敗的。

進而言之，在「挖墳盜墓與男歡女愛」相關的故事中，真正在愛情烈火中涅槃的鳳凰只有兩隻，一個是杜麗娘，一個是周勝仙。而她們二人分別代表了「善良」的挖墳和「惡意」的盜墓兩種故事範型中死而復活的最成功的女性形象，她們才是不朽的藝術典型。

並且，真正成功的藝術典型，是不可複製的，也是不可超越的！

娶妾的是是非非

媵妾之事，古已有之。先秦時代的貴族們，從天子到公侯大夫都有數量不小的正妻以外的女人。秦漢以降，天子以下的王公貴族直至各品級的官員都可以名正言順地納妾。古書有云：

> 媵者何？諸侯娶一國，則二國往媵之，以侄娣從。侄者何？兄之子也。娣者何？弟也。諸侯壹聘九女，諸侯不再娶。（《春秋公羊傳．莊公十九年》）

> 天子有后，有夫人，有世婦，有嬪，有妻，有妾。……公侯有夫人，有世婦，有妻，有妾。（《禮記．曲禮下第二》）

> 古諸侯娶九女，士有一妻二妾。《晉令》：諸王置妾八人；郡君、侯，妾六人。《官品令》：第一、第二品有四妾；第三、第四有三妾；第五、第六有二妾；第七、第八有一妾。……請以王、公、第一品娶八，通妻以備九女；稱事二品備七；三品、四品備五；五品、六品則一妻二妾。（《北史》卷十六）

這些媵妾的身份非常複雜，但絕大多數媵妾的命運都是悲劇的。古代有「結草銜環」的成語，說的是兩個典故，而其中「結草」的典故就是與貴族魏武子之寵妾相關的。

> 初，魏武子有嬖妾，無子。武子疾，命顆曰：「必嫁是。」疾病，則曰：「必以為殉。」及卒，顆嫁之，曰：「疾病則亂，吾從其治也。」及輔氏之役，顆見老人結草以亢杜回，杜回躓而顛，故獲之。夜夢之曰：「余，而所嫁婦人之父也。爾用先人之治命，余是以

報。」（《春秋左傳·宣公十五年》）

魏武子對那個自己最為寵愛而又沒有留下後嗣的妾的感情是複雜的，尤其是當自己年老生病之後，怎樣處置這個寵妾就成為魏武子的心結。一方面，從「妾」的角度出發，魏武子允許她在自己死後改嫁；另一方面，從極端利己的角度出發，魏武子又希望這個妾能為自己殉葬，到陰間去繼續為自己提供服務。好在魏武子並非淫暴之徒，他的允許寵妾改嫁的遺囑是清醒時留下的，而那個希望寵妾殉葬的遺囑則是彌留之際的「亂命」。更好在魏武子的兒子魏顆是個明白人，而且頗有人道情懷。他執行的是父親的「治命」而非「亂命」，非常人道而且寬宏大量地將父親的寵妾改嫁他人了。因為魏顆做了這樣一件大好事，故而，那寵妾的父親「結草相報」，幫助他擒獲了敵人，取得了勝利。這種善有善報的故事我們且不去說他，我們要注目於這個故事中的一個事實：在貴族之家，妾，的的確確是很悲哀的弱勢群體。她們在丈夫生前要竭盡全力為之提供服務，並隨時隨地可以被丈夫作為禮物贈送給他人，或者作為商品被隨意買賣，丈夫死後卻又極有可能作為殉葬品被推向墳墓！

以上所說的種種情況，在中國古代小說中都有生動而翔實的反映。

我們先來看看古代的帝王是怎樣納妾的。當然，他們的妾又有很多奇異的稱謂，尤其是少數民族的君王，我們且以歷史上荒淫君王的代表金海陵為例：

> 且說海陵初為丞相，假意儉約，妾媵不過三數人。及踐大位，侈心頓萌，淫志蠱惑。自徒單皇后而下，有大氏、蕭氏、耶律氏，俱以美色被寵。凡平日曾與淫者，悉召入內宮，列之妃位。又廣求美色，不論同姓、異姓，名分尊卑及有夫無夫，但心中所好，百計求淫，多有封為妃嬪者。諸妃名號，共有十二位，昭儀至充媛九位，婕妤、美人、才人三位，殿直最下，其他不可舉數。大營宮殿，以處妃嬪。（《醒世恒言·金海陵縱慾亡身》）

君王以下，達官貴人家中也是姬妾成群，尤其是那些老朽的高官，空列金釵於後院，甚至惹出很多風流故事。如宋代的蔡京、楊戩之流，就是典型。

> 話說宋時楊戩太尉，恃權怙寵，靡所不為，聲色之奉，姬妾之多，一時自蔡太師而下，罕有其比。一日，太尉要到鄭州上冢，攜帶了家小同行，是上前的幾位夫人，與各房隨使的養娘侍婢，多跟

> 的西去。餘外有年紀過時了些的，與年幼未諳承奉的，又身子嬌怯怕歷風霜的，月信方行，轎馬不便的，剩下不去。合著養娘侍婢們，也還共有五六十人留在宅中。（《二刻拍案驚奇》卷三十四）

後來，在這位楊太尉出門期間，家裏眾多姬妾與館客偷情，漸成規模效應。最終，楊太尉發現姦情，憤怒之餘，將那位風流館客處以「宮刑」，這大概也算是「以毒攻毒」吧。相對於北宋的楊太尉而言，南宋的宰相賈似道可就精明多了，當然，也殘酷多了。對侍妾的紅杏出牆的可能性，他採取的是防患於未然的方式。

> 一日，似道同諸姬在湖上倚樓閒玩，見有二書生，鮮衣羽扇，豐致翩翩，乘小舟遊湖登岸。傍一姬低聲贊道：「美哉，二少年！」似道聽得了，便道：「汝願嫁彼二人，當使彼聘汝。」此姬惶恐謝罪。不多時，似道喚集諸姬，令一婢捧盒至前。似道說道：「適間某姬愛湖上書生，我已為彼受聘矣。」眾姬不信，啟盒視之，乃某姬之首也，眾姬無不股栗。其待姬妾，慘毒悉如此類。（《喻世明言·木綿庵鄭虎臣報冤》）

就因為隨口讚揚了一句「美哉，二少年！」這位可憐的侍妾就丟掉了性命。賈似道通過他殘忍的殺戮震懾了自己身邊所有的女人，讓她們只能老老實實忠於賈宰相，決不可有一丁點的癡心妄想，哪怕是讚揚一下鏡花水月般的美好也不可以！這是多麼可怕的局面啊！

這種僅僅有春光洩露的意味的女子都遭到如此殘忍的殺戮，那麼真正紅杏出牆的小妾的悲劇就更可想而知了。

> 臨淮武公業，咸通中任河南府功曹參軍。愛妾曰飛煙，姓步氏，容止纖麗，若不勝綺羅。善秦聲，好文墨，尤工擊甌，其韻與絲竹合。公業甚嬖之。其比鄰，天水趙氏第也，亦衣纓之族；其子曰象，端秀有文，才弱冠矣。時方居喪禮。忽一日，於南垣隙中窺見飛煙，神氣俱喪，廢食忘寐。……既曛黑，象乃乘梯而登，飛煙已令重榻於下。既下，見飛煙靚妝盛服，立於庭前。交拜訖，俱以喜極不能言。乃相攜自後門入房中，遂背缸解幌，盡繾綣之意焉。……街鼓既作，匍伏而歸。循牆至後庭，見飛煙方倚戶微吟，象則據垣斜睇。公業不勝其忿，挺前欲擒。象覺，跳去。公業搏之，得其半襦。乃入室，呼飛煙詰之。煙色動聲顫，而不以實告。公業

愈怒，縛之大柱，鞭楚血流。但云：「生得相親，死亦何恨。」深夜，公業怠而假寐。飛煙呼其所愛女僕曰：「與我一杯水。」水至，飲盡而絕。（皇甫枚《三水小牘·步飛煙》）

侍妾的悲慘命運在這裡被嶄露無疑。那麼，是不是老老實實為唯一的主人服務一輩子就一定有好下場呢？答案是或然的。也許有，也許沒有。但有好下場的基本上是微乎其微，而沒有好下場的則不勝枚舉。並且，造成侍妾們悲慘命運的原因又是多種多樣的。例如：

石季倫所愛婢名翔風，魏末於胡中買得之，年始十歲，使房內養之，至十五，無有比其容貌，特以姿態見美，妙別玉聲，巧觀金色。……石氏侍人，美豔者數千人，翔風最以文辭擅愛。石崇常語之曰：「吾百年之後，當指白日，以汝為殉。」答曰：「生愛死離，不如無愛，妾得為殉，身其何朽！」於是彌見寵愛。（王嘉《拾遺記》卷九）

表面看來，石大人對於翔風是愛得要命，其實是他自私得要命；表面看來，翔風對主人是忠貞到了極點，其實她是無奈、可悲到了極點。活著，達官貴人要享受美女，死後，還希望將美女帶到陰間享受。而且，這種侍妾殉葬家主的做法，在封建時代是公然的、普遍的，那些弱女子要想不被推進墳墓基本上是不可能的。即便是意外地活下來，也不准改嫁。且看下面這一位：

金吾司馬義妾碧玉，善絃歌。義以太元中病篤，謂碧玉曰：「吾死，汝不得別嫁，嫁當殺汝。」曰：「謹奉命。」葬後，其鄰家欲取之，碧玉當去，見義乘馬入門，引弓射之，正中其喉，喉便痛亟，姿態失常，奄忽便絕。十餘日乃蘇，不能語，四肢如被撾損。周歲始能言，猶不分明。碧玉色甚不美，本以聲見取。既被患，遂不得嫁。（《戴祚甄異傳》）

這位殘暴的司馬將軍，臨死前居然不允許寵愛的侍妾改嫁，這其實是用一個自私的「虛無」來束縛活蹦亂跳的年輕生命。而當那可憐的女人準備改嫁時，罪惡的將軍之靈魂居然對活著的人實施了瘋狂的殘害和報復，並導致那姑娘的歌喉永遠喑啞，成為終身殘疾。這種戕害善良、戕害美好的行為，實在令人髮指！

古代小說中這些身為帝王將相的男人在宮中府中殘害侍妾行為的記載和描寫讓人不忍卒讀，但侍妾們還有更大的敵人——嫡妻。那些正頭大娘子殘害小妾的手段可是比夫君更為殘暴，甚至歇斯底里。因為她們除了擁有封建制度賦予的特權之外，還有在心頭埋藏得很深很濃烈的羨慕妒忌恨。這樣的例子實在太多了。

> 廣州化蒙縣丞胡亮從都督周仁軌討獠，得一首領妾，幸之，至縣。亮向府不在，妻賀氏乃燒釘烙其雙目，妾遂自縊死。（張鷟《朝野僉載》卷二）

> 小夥說：「這財主叫沈洪，婦人叫做玉堂春，他是京裏娶來的。他那大老婆皮氏，與那鄰家趙昂私通，怕那漢子回來知道，一服毒藥把沈洪藥死了。這皮氏與趙昂，反把玉堂春送到本縣，將銀買囑官府衙門，將玉堂春屈打成招，問了死罪，送在監裏。若不是虧了一個外郎，幾時便死了。」（《警世通言．玉堂春落難逢夫》）

> 月娥道：「不是取笑，我與你熟商量。你家不見了妹子，如此打官司，不得了結，畢竟得妹子到了官方住。我是此間良人家兒女，在姜秀才家為妾，大娘不容，後來連姜秀才貪利忘恩，竟把來賣與這鄭媽媽家了。那龜兒、鴇兒，不管好歹，動不動非刑拷打，我被他擺佈不過，正要想個討策脫身。你如今認定我是你失去的妹子，我認定你是哥哥，兩一同聲當官去告理，一定斷還歸宗。我身既得脫，仇亦可雪。到得你家，當了你妹子，官事也好完了，豈非萬全之算？」（《拍案驚奇》卷二）

以上三例，可算正妻迫害小妾的三大類型：戕害、誣陷、挑唆賣出。那麼，這些大婦何以如此仇視小妾呢？第一，小妾一般比大婦年輕漂亮，足以讓她們羨慕。第二，大婦進而自歎不如，甚至爭寵不過，於是產生妒忌。最後，大婦感覺到自己的地位受到威脅，於是便仇恨。這種「羨慕妒忌恨」所產生的巨大能量，是足以將那些可憐的小妾摧毀得乾乾淨淨的。有的大婦甚至在未嫁之先就要求丈夫拋棄原有的小妾，從而造成了這些小妾的一幕幕悲劇。

> 朱景先接了范家之書，對公子說道：「我前日曾說過的，今日你岳父以書相責，原說他不過。他又說必先遣妾，然後成婚。你妻已送在境上，討了回話，然後前進。這也不得不從他了。」公子心裏，委是不捨得張福娘，然前日要娶妾時，原說過了娶妻遣還的話；今日父親又如此說，丈人又立等回話，若不遣妾，便成親不

> 得。真也是左難右難，眼淚從肚子裏落下來，只得把這些話與張福娘說了。（《二刻拍案驚奇》卷三十二）

> 左僕射韋安石女適太府主簿李訓。訓未婚以前有一妾，成親之後遂嫁之，已易兩主。女患傳屍瘦病，恐妾厭禱之，安石令河南令秦守一捉來，榜掠楚苦，竟以自誣。前後決三百以上，投井而死。（張鷟《朝野僉載》卷二）

> 唐開元二十五年，晉州刺史柳渙外孫女、博陵崔氏，家於汴州，有扶風竇凝者，將聘焉。行媒備禮，而凝舊妾有孕，崔氏約遣妾後成禮。凝許之，遂與妾俱之宋州，揚舲下至車道口宿，妾是夕產二女，凝因其困羸斃之，實沙於腹，與女俱沉之。（陳邵《通幽記·竇凝妾》）

這三個例子，一個比一個嚴酷。朱公子雖然迫於岳父的嚴命，不得已而休棄原來的小妾張福娘，但他本身對張福娘仍然是無比留戀的，其內心也是萬分痛苦的。李訓的表現就差多了，他首先是心甘情願地娶妻遣妾，而後又眼睜睜地看著岳父將已經改嫁兩次的小妾活活害死。最為惡毒的當然是竇凝，為了討好新娶的妻子，他竟然親自動手殺害剛剛為他生下雙胞胎女兒的小妾，手段之殘忍，心態之惡劣，可謂世上罕見、慘絕人寰。

男人殺妾，除了迎合新娶的妻子的要求之外，還有一種情況，那就是自保，或者可以概括為始亂之終殺之。先勾引別人的女兒，當對方家長發現後，為了推脫自己的罪責，竟然將女子殺害。唐代著名將領嚴武年輕時就幹過這種滅絕人性的勾當。

> 唐西川節度使嚴武，少時仗氣任俠。嘗於京城，與一軍使鄰居。軍使有室女，容色豔絕。嚴公因窺見之，乃賂其左右，誘至宅。月餘，遂竊以逃。東出關，將匿於淮泗間。軍使既覺，且窮其跡，亦訊其家人，乃暴於官司，亦以狀上聞。有詔遣萬年縣捕賊官專往捕捉。捕賊乘遞，日行數驛，隨路已得其蹤矣。嚴武自鞏縣，方雇船而下，聞制使將至，懼不免。乃以酒飲軍使之女，中夜乘其醉，解琵琶弦縊殺之，沉於河。（盧肇《逸史·嚴武盜妾》）

更為可怕的是，有些居心叵測的達官貴人，受人蠱惑，竟想利用有妖氣的「妾」去妨害仇人。有一位身居高位的呂相公就做了這樣一件荒唐而又邪惡之事。

> 呂用之親自引了胡僧，各戶觀看，行至玉娥房頭，胡僧大驚道：「妖氣在此！不知此房中是相公何人？」呂用之道：「新納小妾，尚未成婚。」胡僧道：「恭喜相公，洪福齊天，得遇老僧。若成親之後，相公必遭其禍矣！此女乃上帝玉馬之精，來人間行禍者。今已到相公府中，若不早些發脫，禍必不免！」呂用之被他說著玉馬之事，連呼為神人，請問如何發脫。胡僧道：「將此女速贈他人，使他人代受其禍，相公便沒事了。」呂用之雖然愛那女色，性命為重，說得活靈活現，怎的不怕？又問道：「贈與誰人方好？」胡僧道：「只揀相公心上第一個不快的，將此女贈之。一月之內，此人必遭其禍。相公可高枕無憂也。」呂用之被黃損一本劾奏罷官，心中最恨的。那時便定了個主意，即忙作禮道：「領教，領教。」（《醒世恒言·黃秀才徼靈玉馬墜》）

當然，這個故事的結局是出人意料的，原來那個胡僧是秉持神仙的意旨，用這種說法去欺騙呂用之，從而使他拱手將美女交還給正面人物黃損。但無論如何，這女人禍水論的因子卻已經在古代小說中種下了。而且，也確確實實有些原本給人做妾的弱女子在深受這些壞男人的壞影響之後，也做出了欺負同類的錯誤選擇，移禍於其他女性。

> 元嘉中，夏侯祖觀為兗州刺史，鎮瑕丘，卒於官，沈僧榮代之。……僧榮明年在鎮，夜設女樂，忽有一女人在戶外，沈問之，答：「本是杜青州彈箏妓采芝，杜以致夏侯兗州為寵妾。唯願座上一妓為伴戲。」指下坐琵琶妓，啼云：「官何忽以賜鬼。」鬼曰：「汝無多言，必不相放。」入與同房別飲，酌未終，心痛而死。死氣方絕，魂神已復，人形在采芝側。出《廣古今五行記》（《太平廣記》卷三二四）

一個官員，將自己身邊的女人送給一位逝去的朋友做妾，而這位寵妾居然還要拉一個無辜的女孩墊背，這是多麼陰暗的心理，又是多麼鬼影幢幢的世界！這樣的女人，從某種意義上講真是禍水，但她危害的並不是將她送到陰間的達官貴人，而是比她更為低賤的歌女。強者欺負弱者，已經使人非常難受了；而弱者回過頭來卻又欺負更弱者，這樣的事實誰能接受？誠如夫子所言：是可忍，孰不可忍！

然而，將娶妾之事說得危言聳聽而從理論上多角度證明娶煙花女子為妾之危害的還是一位監生兼富商的孫富，他在說服愚蠢而卑鄙的李甲將杜十娘賣給自己的過程中，其三寸不爛之舌可謂勝過蘇秦、張儀。

> 孫富道：「自古道：『婦人水性無常。』況煙花之輩，少真多假，他既係六院名姝，相識定滿天下；或者南邊原有舊約，借兄之力，挈帶而來，以為他適之地。」公子道：「這個恐未必然。」孫富道：「即不然，江南子弟，最工輕薄，兄留麗人獨居，難保無逾牆鑽穴之事。若挈之同歸，愈增尊大人之怒。為兄之計，未有善策。況父子天倫，必不可絕。若為妾而觸父，因妓而棄家，海內必以兄為浮浪不經之人。異日妻不以為夫，弟不以為兄，同袍不以為友，兄何以立於天地之間？兄今日不可不熟思也！」公子聞言，茫然自失，移席問計：「據高明之見，何以教我？」（《警世通言．杜十娘怒沉百寶箱》）

最後，李甲終於答應將杜十娘轉讓給孫富。儘管這場骯髒的交易因為杜十娘以死相拼最終沒有成功，但有一個事實卻留給了千萬個讀者，使人在數百年後仍然明白：妾是可以轉讓和買賣的。無獨有偶，這樣的事在古代中國經常發生，小說中也特多反映，且看以下二例：

> 那劉官人一來有了幾分酒，二來怪他開得門遲了，且戲言嚇他一嚇，便道：「說出來，又恐你見怪；不說時，又須通你得知。只是我一時無奈、沒計可施，只得把你典與一個客人，又因捨不得你，只典得十五貫錢。若是我有些好處，加利贖你回來。若是照前這般不順溜，只索罷了！」那小娘子聽了，欲待不信，又見十五貫錢，堆在面前；欲待信來，他平白與我沒半句言語，大娘子又過得好，怎麼便下得這等狠手！狐疑不決。（《醒世恒言．十五貫戲言成巧禍》）

> 賈涉見他說話湊巧，便詐推解手，卻分付家童將言語勾搭他道：「大伯，你花枝般娘子，怎捨得他往別人家去？」王小四道：「小哥，你不曉得我窮漢家事體。一日不識羞，三日不忍餓。卻比不得大戶人家，吃安閒茶飯。似此喬模喬樣，委的我家住不了。」家童道：「假如有個大戶人家肯出錢鈔，討你這位小娘子去，你捨得麼？」王小四道：「有甚捨不得！」家童道：「只我家相公要討一房側室，你若情願時，我攛掇多把幾貫錢鈔與你。」王小四應允。

家童將言語回覆了賈涉。賈涉便教家童與王小四講就四十兩銀子身價。王小四在村中央個教授來，寫了賣妻文契，落了十字花押。一面將銀子兌過，王小四收了銀子，賈涉收了契書。(《喻世明言·木綿庵鄭虎臣報冤》)

第一例中，劉官人因為小妾開門動作慢了一點，就開了一個要命的玩笑，說是把她典與一個客人，身價十五貫錢。而他這個在今天看來令人不可思議的玩笑，在當時，可憐的小妾陳二姐卻老老實實地相信了。陳二姐滿心狐疑，正好說明了當時典妾、賣妾現象的存在。不僅存在，而且是公開的，合法的。第二例，寫的就是一個有錢人將窮人的妻子買為小妾的故事。這一次，因為是買斷，所以身價四十兩紋銀。由此可見，在男人心目中小妾就如同商品一般，甚至如同物品一般，甚至可以討價還價。小妾，這種非人之人，既然可以被男人買賣，那麼，能否被贈送、被交換呢？答案是肯定的。

梁葛侍中周鎮兗之日，嘗遊從此亭。公有廳頭甲者，年壯未婚，有神彩，善騎射，膽力出人。偶因白事，葛公召入。時諸姬妾並侍左右，內有一愛姬，乃國色也，專寵得意，常在公側。甲竊見愛姬，目之不已。葛公有所顧問，至於再三，甲方流眄於殊色，竟忘其對答。公但俯首而已。……及葛公凱旋，乃謂愛姬曰：「大立戰功，宜有酬賞，以汝妻之。」愛姬泣涕辭命，公勉之曰：「為人之妻，可不愈於為人之妾耶？」令具飾資妝，其直數千緡。召甲告之曰：「汝立功於河上，吾知汝未婚，今以某妻，兼署列職，此女即所目也。」甲固稱死罪，不敢承命。公堅與之，乃受。(王仁裕《玉堂閒話·葛周》)

酒徒鮑生，家富畜妓。開成初，行歷陽道中，止定山寺，遇外弟韋生下第東歸，同憩水閣。……鮑撫掌大悅，乃停杯命燭，閱馬於輕檻前數匹，與向來誇誕，十未盡其八九。韋戲鮑曰：「能以人換，任選殊尤。」鮑欲馬之意頗切，密遣四絃，更衣盛妝，頃之乃至。命棒酒勸韋生，歌一曲以送之云：「白露濕庭砌，皓月臨前軒，此時頗留恨，含思獨無言。」又歌送鮑生酒云：「風颭荷珠難暫圓，多生信有短因緣，西樓今夜三更月，還照離人泣斷弦。」韋乃召御者牽紫叱撥以酬之。(李玫《纂異記》)

上一例中的葛周真是氣度恢宏，他居然將心愛的小妾賞給了為自己賣命的屬下。請注意，是將人當成貨物那樣活生生地贈予，因而，馮夢龍在改編這個故事並收進《喻世明言》中時，乾脆就叫作「葛令公生遣弄珠兒」。實在話，葛周的做法雖然令人反感，但畢竟還沒有將那小妾徹底「物化」，而是將這個女人送給了一個男人，換來的也是這個男人的出力賣命。而下一例就更不像話了，兩個男人之間做了一個交易，用一匹名叫紫叱撥的駿馬交換一名特具音樂素養的侍妾，這才是徹底地將人「物化」了。鮑韋二生的行為已經夠滅絕人性了，但還有更滅絕人倫的。因為鮑韋二生之間畢竟是郎舅關係，或者說是平輩關係，而在《紅樓夢》中竟然還有父親將侍妾送給兒子的亂倫行為。做這種事的，除了那厚顏無恥、荒唐至極的赦老爹再也很難找出第二個了。

> 那賈璉一日事畢回來，先到了新房中，已竟悄悄的封鎖，只有一個看房子的老頭兒。賈璉問他原故，老頭子細說原委，賈璉只在鐙中跌足。少不得來見賈赦與邢夫人，將所完之事回明。賈赦十分歡喜，說他中用，賞了他一百兩銀子，又將房中一個十七歲的丫鬟名喚秋桐者，賞他為妾。賈璉叩頭領去，喜之不盡。（《紅樓夢》第六十九回）

奇怪的是，赦老爹這種荒唐的舉動，在紅樓世界裏竟然沒有一個人指責，也沒有一個人認為這中間有什麼問題。送者心安理得，受者喜之不盡，旁觀者熟視無睹。這真是咄咄怪事！但還有更怪的，有人在正妻不能相容的前提下，將侍妾送給了奴僕，不料卻招致殺身之禍。個中原因，乃在於那位侍妾對主人忠心太過，在已經有了婚姻歸屬以後，仍然延續那種罪惡的慣性，經常在舊主人房中直宿，這就嚴重地損害了那個身為奴僕的卑賤的男人的自尊，或者說，衝越了那社會地位低下而人格尊嚴仍然存在的丈夫的忍受底線。於是，悲劇不可避免地發生了。

> 唐沈詢，侍郎亞之之子也。……詢鎮潞州，寵婢，夫人甚妒，因配與家人歸秦。其婢旦夕只在左右，歸秦慚恨，伺隙剚刃於詢，果罹兇手。殺歸秦以充祭，亦無及也。（孫光憲《北夢瑣言》卷十二）

> 沈詢有嬖妾，其妻害之，私以配內豎歸秦，詢不能禁。既而妾猶侍內，歸秦恥之，乃挾刃，伺隙殺詢及其夫人於昭儀使衙。是夕，詢嘗宴府中賓友，乃便歌著詞令曰：「莫打南來雁，從他向北飛。打

時雙打取，莫遣兩分離。」及歸，而夫妻並命焉，時咸通四年也。

出《北夢瑣言》(《太平廣記》卷二七五）

以上，《北夢瑣言》的單行本和《太平廣記》中的記載有些出入，但大體內容是一樣的。最後，憤怒的「卑賤丈夫」手刃了欺人太甚的「高貴姦夫」。結局是令人感歎的，但那沈大人過於「做大」的罪惡和那侍妾堅定不移的「奴性」卻實實在在是這場悲劇的罪惡根源。

或許有人會說，既然娶妾有這麼多麻煩，乃至於風險，那麼，為什麼還有那麼多男人樂此不疲？他們娶妾，難道僅僅是為了滿足色慾嗎？

這種樂此不疲的做法當然有多層原因。

首先，娶妾是為了傳宗接代。這樣的例子在中國古代小說中可謂多如牛毛，因為每一個想買妾的男人在沒有生育的妻子面前都可以用這樣一條理由作為自己好色的擋箭牌，而某些賢惠的妻子甚至還有親自幫助丈夫娶妾生子者。不管這些男男女女內心的真實想法如何，娶妾生子都是最為冠冕堂皇的理由。關於這一點，我們只要看一個早期小說的例子就夠了。

宋居士卞悦之，濟陰人也，作朝請，居在潮溝。行年五十，未有子息，婦為娶妾，復積載不孕。將祈求繼嗣，千遍轉《觀世音經》；其數垂竟，妾便有娠，遂生一男，時元嘉二十八年己丑歲云云。(王琰《冥祥記》)

當然，侍妾中間也有某些傑出的人物，能夠為主子排憂解難，甚至解決千軍萬馬都難以解決的問題。唐傳奇中的紅線就是這方面的典型。

紅線，潞州節度使薛嵩青衣。善彈阮，又通經史，嵩遣掌其箋表，號曰「內記室」。……田承嗣常患熱毒風，遇夏增劇，每曰：「我若移鎮山東，納其涼冷，可緩數年之命。」乃募軍中武勇十倍者得三千人，號「外宅男」，而厚恤養之。常令三百人夜直州宅，卜選良日，將遷潞州。嵩聞之，日夜憂悶，咄咄自語，計無所出。時夜漏將傳，轅門已閉，杖策庭除，唯紅線從行。紅線曰：「主自一月，不遑寢食。意有所屬，豈非鄰境乎？」嵩曰：「事繫安危，非爾能料。」紅線曰：「某雖賤品，亦有解主憂者。」……再拜而行，倏忽不見。嵩乃返身閉戶，背燭危坐。常時飲酒，不過數合，是夕舉觴十餘不醉，忽聞曉角吟風，一葉墜露，驚而試問，即紅線回矣。嵩喜而慰問曰：「事諧否？」紅線曰：「不敢辱命。」又問曰：

「無傷殺否？」曰：「不至是，但取床頭金合為信耳。」（袁郊《甘澤謠·紅線》）

「紅線盜盒」，不僅幫助主人薛嵩解決了被田承嗣欺侮的問題，還消弭了一次可能發生的軍閥間的戰爭。她的行為，不僅對薛嵩有好處，就是對當時廣大民眾而言，也未嘗不是一件大好事。一個女子，一個卑賤的侍妾，居然能在緊要關頭挺身而出，解除災難，這種行為，堪稱女俠風範。正因如此，紅線的故事才能流傳千古，在各種文學樣式中得到持久的傳播和表現。

還有一種女子，本來是豪門貴族之侍妾，但為了自己的前途和幸福，她居然勇敢地逃脫藩籬，自主選擇終身配偶。請看以下二例：

生曰：「當時得之，亦曾奉和。」因舉其詩。女喜曰：「真我夫也。」於是與生就枕，極盡歡娛。頃而雞聲四起，謂生曰：「妾乃霍員外家第八房之妾。員外老病，經年不到妾房。妾每夜焚香祝天，願遇一良人，成其夫婦。幸得見君子，足慰平生。妾今用計脫身，不可復入。此身已屬之君，情願生死相隨。不然，將置妾於何地也？」（《喻世明言·張舜美燈宵得麗女》）

當公之聘辯也，一妓有殊色，執紅拂，立於前，獨目公。公既去，而執拂者臨軒指吏曰：「去者處士第幾？住何處？」公（吏）具以對，妓誦而去。公歸逆旅，其夜五更初，忽聞扣門而聲低者，公起問焉。乃紫衣戴帽人，杖揭一囊。公問誰。曰：「妾，楊家之紅拂妓也。」公遽延入，脫衣去帽，乃十八九佳麗人也。素面畫衣而拜。公驚答拜，曰：「妾侍楊司空久，閱天下之人多矣。無如公者。絲蘿非獨生，願托喬木，故來奔耳。」公曰：「楊司空權重京師，如何？」曰：「彼尸居餘氣，不足畏也。諸妓知其無成，去者眾矣。彼亦不甚逐也。計之詳矣。幸無疑焉。」（杜光庭《虬髯客傳》）

這兩個例子有較多的共同點：第一，女子為高門大戶之侍妾；第二，主人老邁無能；第三，遇上如意郎君而一見鍾情；第四，勇敢逃離，與情人私奔。概括成一句話就是，身為下賤卻慧眼識英雄！這樣的女子，其心胸見識其實不下於紅線，敢作敢為，堪稱女中丈夫，是侍妾中之佼佼者。她們的故事，讀之令人解穢！

分析完上述形形色色的侍妾之後，一個問題便自然而然地凸顯出來。既然侍妾制度是如此的不合理、非人性，那麼，在中國古代是否有人反對它呢？當然有！首先，亞聖就發表過這種言論：

> 孟子曰：「說大人則藐之，勿視其巍巍然。堂高數仞，榱題數尺，我得志弗為也。食前方丈，侍妾數百人，我得志弗為也。般樂飲酒，驅騁田獵，後車千乘，我得志弗為也。在彼者皆我所不為也，在我者皆古之制也，吾何畏彼哉？」（《孟子・盡心下》）

然而，孟子的話雖然看起來很決絕，但實際上並非反對納妾制度。他老人家不過是將「侍妾數百人」與豪宅、美食、田獵、飲酒等奢侈的生活享受並列，表達即使自己「得志」了也不追求這些的意思，也就是所謂「富貴不能淫」的人格標榜。而真正反對納妾的呼聲，卻是來自於那些通俗小說作品。

> 婦女聽得，把眉一攢，道：「你這引頭奪脆的，都是烘動他淫心，勾惹他春興，害的他如此。你那裡知世間陰陽配合，男女婚姻，只該一夫一婦處室，誰叫他吃一看二？你怎知他多佔了我們一個，世上就有個鰥夫。」（《掃魅敦倫東度記》第二十一回）

> 季葦蕭多吃了幾杯，醉了，說道：「少卿兄，你真是絕世風流。據我說，鎮日同一個三十多歲的老嫂子看花飲酒，也覺得掃興。據你的才名，又住在這樣的好地方，何不娶一個標緻如君，又有才情的，才子佳人，及時行樂？」杜少卿道：「葦兄，豈不聞晏子云：『今雖老而醜，我固及見其姣且好也？』況且娶妾的事，小弟覺得最傷天理。天下不過是這些人，一個人佔了幾個婦人，天下必有幾個無妻之客。小弟為朝廷立法：人生須四十無子，方許娶一妾；此妾如不生子，便遣別嫁。是這等樣，天下無妻子的人，或者也少幾個，也是培補元氣之一端。」（《儒林外史》第三十四回）

這才是真正反對納妾的言論，真正具有人道情懷的言論，真正發現社會問題的言論。而其間的道理，其實再簡單不過：「你怎知他多佔了我們一個，世上就有個鰥夫。」「一個人佔了幾個婦人，天下必有幾個無妻之客。」是呀！天底下的男人、女人比例大致差不多，如果大家都一夫一妻，大致上的平均分配便可避免或緩衝諸多社會矛盾。如果一個男人佔有了幾個、十幾個乃至幾十個女人，那麼就自然會有幾個、十幾個乃至幾十個男人沒有老婆！這樣一來，豈不是製造社會混亂嗎？許許多多的家庭矛盾、社會矛盾、仇殺、情殺、虐殺、自殺案件，難道不都是這種納妾行為和「後納妾」行為（如包二奶、非法姘居、長期姦情、借腹生子）等等所導致的嗎？因此，我們可以說，方汝浩和吳敬梓分別借助於他們筆下人物之口，用最樸素的言辭講出了最深刻的道理。

其實，天底下所有最深刻的道理都被包含在最樸素的事物和言論之中。

何必故作高深？

連類及彼與借樹開花

某些小說戲曲名著中的一些詞彙、意象乃至人名等等微不足道的東西卻能引起後代小說作家的極大興趣。後者往往根據前者這些小玩意兒加以引用、發揮、改造，使之變成自己的東西。這種引用、發揮和改造又有著淺層與深層的不同表現。淺層的我們稱之為連類及彼，深層的則是借樹開花了。

首先看一字不改的套用，其實也是一種意象上的連類及彼。例如：

（正旦唱）【鴛鴦煞】若不為慈親年老誰供養，爭些個夫妻恩斷無承望。從今後卸下荊釵，改換梳妝，暢道百歲榮華，兩人共享。非是我假乖張，做出這喬模樣，也則要整頓我妻綱。（石君寶《魯大夫秋胡戲妻》第四折）

老嫗道：「奶奶，我與你講，譬如那女人家在外，另尋了一個二老，男子漢知道，打打罵罵，他就要正一個夫綱。如今男子漢在外另娶了一個偏房，只正他一個妻綱便了！」（《鼓掌絕塵》第三十四回）

〔小旦〕真真名筆，替俺妝樓生色多矣。〔末〕見笑。〔向旦介〕請教尊號，就此落款。〔旦〕年幼無號。〔小旦〕就求老爺賞他二字罷。〔末思介〕左傳云：「蘭有國香，人服媚之」，就叫他香君何如。〔小旦〕甚妙！香君過來謝了。〔旦拜介〕多謝老爺。〔末笑介〕連樓名都有了。〔落款介〕崇禎癸未仲春，偶寫墨蘭於媚香樓，博香君一笑。貴筑楊文驄。（《桃花扇》第二齣）

原來這樓是麗仙所居，計屋二椽，極為精雅。中間陳設客座，

> 兩旁桌椅工致。挹香環顧樓中，無殊仙府，中懸一額目「媚香樓」，兩旁掛一幅楹聯道：「麗句妙於天下白，仙才俊以海東青。」（《青樓夢》第二回）

元雜劇《秋胡戲妻》有整頓妻綱的說法，很新穎，卻被擬話本小說《鼓掌絕塵》所借用，而且與「夫綱」對用，顯得更為俏皮，也更為尖銳。清代傳奇戲《桃花扇》中有一個楊龍友為李香君命名的「媚香樓」，不料卻被同樣是青樓女子的麗仙搬到自己的「神仙洞窟」之中作為門面。這種借用其實是一種省筆藝術，直接用香君來寫麗仙，經濟而實用。

不僅一種意象可以作連類及彼的借用，就連一些口號和典故也可以這樣被搬運：

> 黛玉從不聞襲人背地裏說人，今聽此話有因，便說道：「這也難說。但凡家庭之事，不是東風壓了西風，就是西風壓了東風。」（《紅樓夢》第八十二回）

> 寶林冷笑道：「天下事是這樣的，不是東風壓了西風，就是西風壓了東風。人是賤的，況男人更不是東西，給一點臉就像意了。」（《蘭花夢奇傳》第五十七回）

《紅樓夢》和《蘭花夢傳奇》中的「東風」「西風」云云，都是指的家庭內部的矛盾鬥爭。但細想起來，還是有些差別的。《紅樓夢》中指的是鳳姐與尤二姐妻妾之間的針鋒相對，而《蘭花夢傳奇》則指的是男人與女人之間的矛盾鬥爭。從這個局部來看，後者對「東風」「西風」的用法含義比前者更為廣泛。

較之某些口號的直接搬運而言，有些典故的連類及彼的運用卻有少許的改變：

> 臨江一望，但見水面茫茫，並無舟楫往來。梁主道：「此是大江，他無舟楫，諒不能飛渡。」還著人四下找尋，眾人去了。隔不半晌，忽見一人自江邊蘆葦中走來，手折著一支蘆葦放在水面上，隨即將雙足上蘆葦立著。梁主定睛望去，恰正是方才的達摩，大驚，忙趕至途中招手說道：「弟子有眼不識，望吾師慈悲轉來，求度愚蒙，功德無量。」達摩在蘆葦上舉手說道：「道兄道兄，修在於己，何須望人。非不慈悲，魔盡成佛。我有偈言，道兄聽著：千古萬古空相憶，休相憶，清風市地有何極。因茲暗渡江，免得生荊

棘。」那達摩在蘆葦上說罷，趁著順風，頃刻飄過江岸而去。這緣是達摩祖師過江也。(《梁武帝演義》第三十四回)

張欽差只得跟著濟公走到江口，忙說道：「聖僧，船在那裡呢？」濟公隨即把帽子除下，向江中一撂，忽見一隻燈燭輝煌的三艙大船，停在江口，二人就上船坐下。張欽差以為船上又不見一個水手，這船怎樣開法？那知該船忽然頭南艄北一轉，早已望見南岸；再一細看，已在甘露寺腳下停泊。(《續濟公傳》第一百三十九回)

達摩老祖「一葦渡江」的故事，在中國歷史上已經成為一個典故。《梁武帝演義》等小說對之進行描寫是順理成章的，也是生動活潑的。但是，《續濟公傳》卻將其套用在濟公頭上，變成了「一帽渡江」，給人的感覺是「東施效顰」。因為，《梁武帝演義》中的描寫清高脫俗且充滿詩情畫意，而《續濟公傳》中的描寫則庸俗不堪而充滿珠光寶氣。可見，這種連類及彼的借用有時可以具青藍之勝，有時也可以一蟹不如一蟹。

然而，在古代小說中連類及彼的借用更多還是體現在「人名」。多半是前面名著中某某人做了一件什麼事，然後，連人帶事被後面的小說作連類及彼的借用，從而達到事半功倍的效果。當然，這裡又可分為「明借」和「暗借」兩種情況。

所謂「明借」，就是直接將戲曲小說名著中的某一人物的姓名、綽號等身份標誌借過來描寫自己筆下的人物，如明代傳奇戲《牡丹亭》寫杜寶為女兒杜麗娘請了一位家庭教師名叫陳最良，這位酸腐不堪的冬烘先生見杜知府時是這樣表現的：「〔末跪，起揖，又跪介〕生員陳最良稟拜。」(第五齣)而清代擬話本小說《醒夢駢言》第四回卻由此生發出一個「陳又良」，那也是迂腐得可以：「那先生姓陳，號叫又良。……是個踏古板人，穿的是終年那件布直身，如何上得大場子？」而小說名著《水滸傳》中的人名和綽號被借用的就更多了。如「天巧星浪子燕青」「地魁星神機軍師朱武」「地周星跳澗虎陳達」(第七十一回)，這些綽號乃至「星座」就被後代作家反覆借用：「天巧星程三益」。(《封神演義》第九十九回)「金臺乃是上界天巧星臨凡，其心最巧，一看就會了。」(《金臺全傳》第四十二回)「上首的是神機軍師周德威，足智多謀，經文緯武，慣使雙刀。……下首是跳澗虎樊達，挺槍立馬。」(《殘唐五代史演義傳》第三十回)同樣的道理，《水滸傳》中的反面人物的名字也有被借用的，如第六十回寫射死晁天王的箭，「上有『史文恭』字」。這梁山泊的大仇人「史文恭」的名字，居然也被《北遊記》借用：「此氣乃是黑煞神在世間作鬧，自稱為黑面山王，手下有七員將：……六名史文恭，七名范巨卿。殺神自己姓趙名公明，號作文明」。（第十一回）除了史文恭取自《水滸傳》而外，第七名的「范巨卿」也來歷非凡。請看與之相關的材料：

漢范式，字巨卿，山陽金鄉人也。一名汜。與汝南張劭為友，劭字元伯，二人並遊太學。後告歸鄉里，式謂元伯曰：「後二年當還，將過拜尊親，見孺子焉。」乃共克期日。後期方至，元伯具以白母，請設饌以候之。母曰：「二年之別，千里結言，爾何相信之審耶」曰：「巨卿信士，必不乖違。」母曰：「若然，當為爾醞酒。」至期果到。升堂拜飲，盡歡而別。後元伯寢疾甚篤，同郡到君章、殷子徵晨夜省視之。元伯臨終，歎曰：「恨不見我死友。」子徵曰：「吾與君章，盡心於子，是非死友，復欲誰求」元伯曰：「若二子者，吾生友耳；山陽范巨卿，所謂死友也。」尋而卒。式忽夢見元伯，玄冕乘纓，屣履而呼曰：「巨卿，吾以某日死，當以爾時葬，永歸黃泉。子未忘我，豈能相及？」式恍然覺悟，悲歎泣下，便服朋友之服，投其葬日，馳往赴之。未及到而喪已發引。既至壙，將窆，而柩不肯進。其母撫之曰：「元伯，豈有望耶？」遂停柩。移時，乃見素車白馬，號哭而來。其母望之曰：「是必范巨卿也。」既至，叩喪言曰：「行矣元伯，死生異路，永從此辭。」會葬者千人，咸為揮涕。式因執紼而引，柩於是乃前。式遂留止冢次，為修墳樹，然後乃去。（《搜神記》卷十一）

（正末扮范巨卿同沖末扮孔仲山張元伯淨扮王仲略上，正末云）小生姓范名式，字巨卿，山陽金鄉人也。這一個秀士，姓張名劭，字元伯，是汝陽人氏。我和元伯，結為死生之交。（宮大用《死生交范張雞黍》楔子）

（第五倫云）您等俱望闕跪者，聽聖人的命。（斷云）聖天子思求良輔，下弓旌廣開賢路。何止是聘及山林，但聞名不遺丘墓。汝陽郡張劭雖亡，有范式亟稱其素，可遙封翰院編修，賜母妻並沾榮祿。遺弱息君章子徵，可即授陳留主簿。范式拜御史中丞，其孔嵩尚書吏部。（《死生交范張雞黍》第四折）

元伯發棺視之，哭聲慟地。回顧嫂曰：「兄為弟亡，豈能獨生耶？囊中已具棺槨之費，願嫂垂憐，不棄鄙賤，將劭葬於兄側，平生之大幸也。」嫂曰：「叔何故出此言也？」劭曰：「吾志已決，請勿驚疑。」言訖，掣佩刀自刎而死。眾皆驚愕，為之設祭，具衣棺營葬於巨卿墓中。(《喻世明言·范巨卿雞黍生死交》)

可見，范巨卿的故事在前後被文言小說、雜劇舞臺、通俗小說反反覆覆演繹的過程中，也在不斷發生變化。尤其是故事的結局，到了馮夢龍那裡，便成為真正的「生死之交」。說罷范巨卿，還是回到《北遊記》。其實，那裡面的黑煞神也是一個大有來龍去脈的人物。他的名字與財神爺趙公明元帥相同，而他的大號「文明」，卻又影響到明末小說中一個幻化的人物形象：

他生得方面大耳。當頭金錠，滿身金錢，宛然如舊，隻手中多了一管文筆，故生下來就識字能文。又喜得這支筆是個文武器，要長就似一杆槍。他又生得有些膂力，使開這杆槍，真有萬夫不當之勇。又能將身上的金錢取下來作金刨打人，遂自號文明天王，雄據這座玉架山，大興文明之教。這山前山後，山左山右，凡在千里之內者，皆服他的教化。(《後西遊記》第二十三回)

再如《水滸後傳》中的花榮之子「花逢春」這個名字，也被後代小說借用。

欒和道：「那小將軍姓花名逢春，是世代將門之子。六韜三略無不精通，十八般武藝盡皆精練，更擅百步穿楊之箭。方才在城下，射落天邊飛過的天鵝，已見一斑。況美如冠玉，性地聰明，發願封侯拜將之後方議姻事。」(《水滸後傳》第十二回)

又見那邊一將，在馬上叫道：「你這女子，休得逞強，俺小將軍花逢春來與你見個高低！」說時遲，那時快，早已舉起手中兩柄銀錘，照著頂梁上蓋將下來。(《續鏡花緣》第十六回)

更有甚者，「一枝梅」這個綽號，作為最厲害的樑上君子的外號在「二拍」中出現以後，竟然被多部小說反覆借用和仿造。

因是終日會睡，變幻不測如龍，所以人叫他懶龍。所到之處，但得了手，就畫一枝梅花在壁上，在黑處將粉寫白字，在粉牆將煤寫黑字，再不空過。所以人又叫他做「一枝梅」。(《二刻拍案驚奇》卷三十九)

一枝梅，乃樑上君子的綽號。大凡到人家偷了對象，就於失主壁上畫一技梅花而去。其失主曉得盜者是一枝梅，總呈告捕皆無能

> 捉獲。以下偷兒俱敬服他一點直氣，再不累及諸人。就是應捕，也皆讚歎他的。(《歡喜冤家·一枝梅空設鴛鴦計》)
>
> 承光說：「我有個朋友住在永定門外獅子口菜園後邊，姓苗名慶，外號賽時遷，人俱稱他『神偷一枝梅』。」小塘說：「既會做賊，稱為賽時遷，罷了！這一枝梅不又像個友人名字麼？」承光言道：「仁兄不知，此人做賊他有五件不偷：若遇婚嫁死喪鰥寡孤獨不防備他俱不偷。專偷的是贓官、土豪、財主、客商，偷了臨走必用石灰在牆上畫一枝梅花，使人知道是他，故此就叫『神偷一枝梅』。」(《升仙傳》第十回)
>
> 定標道：「徐八本領甚高，我們皆不是他的敵手。二少爺如此英雄尚然失利，若刀槍交戰斷不能取勝於他，我有一個朋友名叫一枝梅，他雖然是一個樑上君子，卻是偷富以濟貧的義賊，若是一千八百銀子，他再也不來經動，偷一回非是整萬便也數千，若遇貧苦之家私自丟幾錠銀子進去，他若偷了，便在牆上畫一枝梅花。」(《七劍十三俠》第五回)

這麼多的「一枝梅」，已經夠令人感到乏味了。殊不知在《施公案》那樣的蔓活兒中，竟然出現了由「一枝梅」引申發展的「一枝桃」，甚或「一枝蘭加一枝桂」，那就更令人大倒胃口了。為了說明問題，筆者只好請讀者陪著倒一次胃口。

> 他本姓謝，名叫謝虎，因他左耳邊挨著臉有五個紅點，好像一枝桃花，故此叫一枝桃。是他自己賣弄本領，偷盜人家財物，臨走之時，他必在牆上畫一枝桃花，顯他的武藝，遮掩各州府縣應役人等耳目，留下這個記號。(《施公案》第一百六十一回)
>
> 周釗回稟：「此地有個盜賊，來去無跡，許多案件乃一人所做。此人名叫張桂蘭。卑職踏勘時節，皆見牆上畫有一枝蘭花，一枝桂花。卑職起初嚴行追捕，一日早上睡覺醒來，只見脖子邊一柄匕首，柄上刻著一枝蘭花，一枝桂花。卑職嚇得一身冷汗，因此只得緩了下來，望大人恩典。」(《施公案》第二百三十七回)

以上所言，都是後面的小說「明借」前代作品中的人名或綽號寫入自己的書中以求簡便、形象的一些表現，然而，較之這種「明借」更為高級的則是「暗借」，亦即前面某部作品中的某位人物做了一件很有意味的事情，後面的作品就以這個人物的名字作為某件事的代名詞運用，從而產生一種奇特的藝術效果。例如，宋江通風報信私放晁天王是《水滸傳》中一個重要的關目，「有詩為證：太師符督下州來，晁蓋逡巡受禍胎。不是宋江潛往報，七人難免這場災。」（《水滸傳》第十八回）後來，宋江就成為帶有正義感的通風報信的典型，後面就有小說將宋江作為典故使用：「內中有一個名叫小宋江張威，是一個房書，專好結交會黨中人。凡衙門有逮捕文書，他得了信，馬上使人報信，倘或捉拿到案，也必極力周張，所以會黨中人上了他這個名號。」（《獅子吼》第六回）

諸如此類的例子，還有《紅樓夢》中「賈寶玉初試雲雨情」一段描寫所造成的對花襲人的影響：

> 襲人忙趁眾奶娘丫鬟不在旁時，另取出一件中衣來與寶玉換上。寶玉含羞央告道：「好姐姐，千萬別告訴人。」襲人亦含羞笑問道：「你夢見什麼故事了？是那裡流出來的那些髒東西？」寶玉道：「一言難盡。」說著便把夢中之事細說與襲人聽了。然後說至警幻所授雲雨之情，羞的襲人掩面伏身而笑。寶玉亦素喜襲人柔媚嬌俏，遂強襲人同領警幻所訓雲雨之事。（《紅樓夢》第六回）

> 他遞了一枝雪茄煙給我，一味的嬉皮笑臉的說道：「小雅，你見了面就知道了。那時候，還要謝我一桌雙枱呢。他是你的花襲人，瞞別人須瞞不得我。」……我略定了定神，想道：怪不得柔齋在路上同我鬧甚麼花襲人，是為著素蘭同我有初試雲雨情的秘密關係。（《冷眼觀》第十回）

《冷眼觀》中的柔齋居然將花襲人作為「初試雲雨情」的代名詞去調笑自己的朋友，從而也可以見得《紅樓夢》影響之巨大。當然，這種某人某事用作典故的來源也非僅僅是前代小說，戲曲作品中的故事也可作為典型使用。如「秋胡戲妻」就是如此。

> （詞云）想當日剛赴佳期，被勾軍驀地分離。苦傷心拋妻棄母，早十年物換星移。幸時來得成功業，著錦衣脫去戎衣。荷君恩賜金一餅，為高堂供膳甘肥。到桑園糟糠相遇，強求歡假作癡迷。守貞烈端然無改，真堪與青史標題。至今人過鉅野，尋他故老，猶能說魯秋胡調戲其妻。（石君寶《魯大夫秋胡戲妻》第四折）

> 金蓮在外聽了：「這個奴才淫婦！等我再聽一回，他還說什

> 麼。」又聽勾多時，只聽老婆問西門慶，說：「你家第五的秋胡戲，你娶他來家多少時了？是女招的，是後婚兒來？」西門慶道：「也是回頭人兒。」（《金瓶梅》第二十三回）

在《金瓶梅》中，潘金蓮堪稱語言大師。尤其是她的調笑語言，真可以說到了爐火純青、運用自如的地步。但這一次，她卻碰到了一個強勁的「對方辯友」宋蕙蓮，這個女人的語言同樣俏皮可愛，她竟然將「秋胡戲妻」的故事弄成一個歇後語：秋胡戲——妻，而這個「妻」恰恰指的就是「第五的秋胡戲」的潘金蓮。這本來就讓潘六姐夠惱火的，更何況宋蕙蓮居然還要追問這「第五的秋胡戲」究竟「是女招的，是後婚兒來？」翻譯成現在的話就是這女子初婚還是二婚？而西門慶竟然直截了當揭老底，說潘六姐是二婚的。這怎不讓潘金蓮火上澆油，氣斷肝腸。故而，就有後面潘金蓮迫害宋蕙蓮的一系列行動。可見，一些小小的玩笑話，在西門慶這樣的家庭中也是可以引發軒然大波的，由此亦可見蘭陵笑笑生特別的寫法之一斑。

說到戲劇中某人某事對後代小說的影響，必須提到李漁的喜劇之作，這中間有好幾部傳奇劇本都被後人改編為通俗小說。如根據《意中緣》改編的同名小說，根據《風箏誤》改編的《風箏配》，還有就是下面這部根據《奈何天》改編的《癡人福》。

> 小子闕素封，字里侯，三楚人也。……近來有個作孽的文人，替我起個混名，叫做闕不全。又替我做一篇像贊，雖然刻毒，卻也說得不差。（一面指，一面做，一面說介）道我眼不叫做全瞎，微有白花；面不叫做全疤，但多黑影；手不叫做全禿，指甲寥寥，足不叫做全蹺，腳跟點點，鼻不全赤，依稀微有酒糟痕；髮不全黃，朦朧似有沉香色；口不全吃，急中言常帶雙聲；背不全駝，頸後肉但高三寸；更有一張歪不全之口，忽動忽靜，暗中似有人提；還餘兩道出不全之眉，或斷或聯，眼上如經樵採。（《奈何天》第二齣《慮婚》）

> 卻說先朝湖廣荊州府有一個富戶姓田名喚北平，……因自說道：……近有個作孽的文人，替我起個混名，叫做填不平，又替我做了一篇像贊，雖然太過刻毒，卻也說得一點不差。他贊我道：兩眼不叫做全瞎，微有白花；面不叫做全疤，但多黑影；手不叫做全禿，指甲寥寥，足不叫做全蹺，腳跟略點點，鼻不全赤，依稀微有

酒糟痕；髮不全黃，朦朧看似有沉香色；口不全歪，急中言常帶雙聲；背不全駭駝，頸後肉但高三寸；更有一張歪不全之口，忽動忽靜，暗中似有人提；還餘兩道出不全之眉，或斷或聯，眼上如經樵採。（《癡人福》第一回）

以上所引兩段文字，前面為李漁原著的傳奇戲劇本，後面是他人改編的小說，仔細比較以後就會發現，除了男主人公的名字不同以外，其他的描寫基本相同。尤其是這兩段對於主人公生理缺陷的嘲諷，更是如出一轍。這樣，就在文學史上留下了一個「闕不全」的異類人物形象，而且還是主人公形象。後來，這種「闕不全」乾脆發展為「十不全」，而此種人物，在往後的小說創作不斷被複製。例如：

侯滿吃茶，衙前眾人相著他掩口而笑，笑者何意呢？因見侯滿身體生得十不全，那臉上又麻又癩，濫紅眼，弔鼻孔，歪疤嘴，黃牙齒，馱腰圈膀，羅匡腿，其形古怪難看，故而眾人好笑。（《七美圖前集》第八回）

而在《泣紅亭》第四回中，「十不全」又被分給了兩個人物，一個是：「那位宋衙內出來了，眾人一看：身材極矮，駝背，跛足，招風大耳，兔唇豁嘴，行走不便，一瘸一拐地蹣跚而來。」另一個是朱洋商：「香菲湊近一看，畫的是一個人髮鬚蓬亂，一隻眼睛碧藍色，嘴唇斜歪，滿臉是點點梅花瓣兒的魁怪相。香菲笑道：『姐姐要畫為什麼不畫聖賢，要畫這個十不全？』」

最嚴重的是《施公案》，書中主人公施世綸乾脆被人稱之為「施不全」的「十樣景」：麻臉、缺耳、歪嘴、弱體、踮腳、獨眼、雞胸、駝背、癱手、斜膀。且看書中的具體描寫：「站立一人：麻臉、缺耳、歪嘴，雞胸駝背，身軀瘦弱，容甚不好。」（第三十七回）「長臉，細白麻子，三綹微鬚，蘿菔花左眼，缺耳，凸背，小雞胸，細瞧左膀不得勁。」（第一百四十回）「麻臉歪嘴，蘿菔花左眼，缺耳，前面有個小小雞胸，後有個凸背，左膀短，走路還踮著腳兒。」（第一百四十一回）「前雞胸，後羅鍋，短胳膀，麻面歪嘴，左眼蘿菔花。」（第一百四十四回）「有人會說道：『雖則吳成認不得施公，難道沒聽見人家說過，施不全是個十樣景嗎？』列公不知，有個緣故：大凡一個人睡的時候，與平時不同。憑你踅足、攤手、駝背、獨眼、麻面、缺嘴（耳）、歪嘴，要是不見臉面，再也看不出來。」（第一百九十回）

如此借用，居然還產生了連鎖反應，「十不全」的人物竟有長長的一串。

更有趣味的是，作者拿來開涮的並非僅僅是這些具有生理缺陷的醜人，有些著名的美女也被一些別有用心的作者弄出來連同她的丈夫或情人一起狠狠地調笑了一把。

> 望延走過去一看，才知道這妓女名叫周小喬，心中不覺暗暗好笑道：「不料周公瑾千載之下，加了個烏龜頭銜。」（《上海遊驂錄》第六回）

> 慢慢的又說到風月場中去，說上海的姑娘，最有名氣的是四大金剛。寶玉笑道：「不過幾個粉頭，怎麼叫起她金剛來呢？」包妥當道：「我也不懂，不過大家都是這麼叫，我也這麼叫罷了。這四大金剛之中，頭一個是林黛玉。」寶玉猛然聽了這話，猶如天雷擊頂一般，覺得耳邊「轟」的一聲，登時出了一身冷汗，呆呆的坐在那裡出神。（《新石頭記》第三回）

周小喬、林黛玉居然都在新上海的十里洋場被妓女們冒名頂替，或者說，高雅的小喬和黛玉居然在死後由於被冒名頂替而給丈夫或情人戴上綠色或淡綠色的帽子，這怎不讓公瑾都督、怡紅公子吃驚、蒙羞、憤怒乃至於無所措手足？而讀者，看到這樣的地方，卻只會哈哈大笑。這就是一種力量，是借用人名而連類及彼的藝術手法的巨大能量。

但是，這種連類及彼的借用手法與下面的借樹開花相比較而言，卻又是小巫見大巫了。此所謂「借樹開花」，指的是借用前代文學作品種的某一點因由，或一句話，或一個人，或一種意象，或一段典故，進而借題發揮，為自己所要表達的內容添加光彩。我們先從一個最淺顯的例子說起：

> 客曰：「『月明星稀，烏鵲南飛。』此非曹孟德之詩乎？西望夏口，東望武昌。山川相繆，鬱乎蒼蒼。此非孟德之困於周郎者乎？方其破荊州，下江陵，順流而東也，舳艫千里，旌旗蔽空，釃酒臨江，橫槊賦詩，固一世之雄也，而今安在哉？」

稍稍有一點古代文學知識的人都知道，上面這段話是蘇軾《赤壁賦》中的一段名言，尤其是「固一世之雄也，而今安在哉！」更是千古名句，洞穿了人生追求的終點。讀懂了這樣一句話的人，人生種種成敗得失、榮辱毀譽統統都會被甩在腦後，從而永遠生活得舒心、愜意。然而，又有誰能料到，在一部清代小說中，作者居然借用這句話來描寫一位半生戎馬、功勳卓絕但到頭來卻不得不恢復女兒妝，進而出嫁、生子、做家庭主婦的巾幗英傑的複雜心態呢？

> 寶珠滿面含羞，低頭無語，走進套房，在妝臺前坐下，對鏡照見容顏，歎道:「固一世之雄也，而今安在哉！」不覺流下淚來。(《蘭花夢奇傳》第五十回）

是呀，這位當慣了男人並且指揮、呵斥過許許多多英雄好漢的女人，要回到裙釵隊伍中可真不容易呀！因而她流淚、無語、歎氣。而這樣一句「固一世之雄也，而今安在哉！」在非常準確地表達她的複雜情懷的同時，似乎還多多少少對她有一點兒善意的嘲弄，帶有幾分欽佩之情的善意嘲弄。

當然，被後世小說家借用得最多的還是前代小說中的資料，畢竟還是血濃於水嘛！我們且看一個小說對小說借樹開花的例證：

> 操隨呼行軍主簿，擬議自己踐麥之罪。主簿曰：「丞相豈可議罪？」操曰：「吾自製法，吾自犯之，何以服眾？」即掣所佩之劍欲自刎。眾急救住。郭嘉曰：「古者《春秋》之義：法不加於尊。丞相總統大軍，豈可自戕？」操沉吟良久，乃曰：「既《春秋》有『法不加於尊』之義，吾姑免死。」乃以劍割自己之發，擲於地曰：「割髮權代首。」使人以發傳示三軍曰：「丞相踐麥，本當斬首號令，今割髮以代。」於是三軍悚然，無不懍遵軍令。(《三國演義》第十七回）

> 祖良氣憤憤說道:「先生開的方子上說我女兒懷孕三月，你的脈理精通，諒來是不錯的。我本要用家法處治，結果那賤人的性命，請你來問個明白確據，果是這等樣子，我便要動手了，省得玷辱家聲。」仲英聽得魂不附體，知道昨日草草開方，不曾詳詢明白，弄錯了這件事——如何是好？若說一定有孕，又無憑據，且枉害了人家性命，作此大孽，將來必有冤魂討命；如直說錯誤，又難收場。心上如三十六隻弔桶——一上一下的亂撞。定一定神，轉過念來說道：「兄弟昨日酒醉之後，只當是府上的少奶奶，開錯方子，是我的不是了。」連連作了幾個揖。祖良聽得大怒道：「這等事可以弄錯！險些害了我女兒性命。你說酒醉誤事——你的眼睛又不瞎？挖掉了你的烏珠，方出我這口氣。」即教家人拿他捆起來。那些家人即把仲英拖翻，用索子捆紮起來。仲英只是討饒：「情願受罰，如挖掉了我烏珠，是不能看病的，總求仁兄開開恩罷！」祖良道：「也罷！我

做些好事，留了你兩隻烏眼睛，學那曹阿瞞宛城遇張繡，割髮代首罷！」即拿了一把剃刀，自己動手，把仲英眉毛先行剃去，又把兩邊鬍子剃去一邊，然後放他起來。仲英抱頭鼠竄而去。（《醫界現形記》第十三回）

《三國演義》中的曹孟德違反了自己定下的軍令，又不願意真正地刎頸自殺，於是，假惺惺地做了一個自殺的姿態之後，在眾人的喝彩聲中表演了一個「割髮權代首」的鬧劇。但，這是一個美好而成功的鬧劇，而且，此後就連表演這種鬧劇的領導都趨向於零，這其實是一件足以讓許多的被號令者悲哀一輩子的事！然而，誰也不曾料到，一位精通醫術的晚清小說家居然用這一個典故去諷刺一名庸醫，一名連孕婦與黃花大閨女都分不清的庸醫。受害者家長雖然沒有要了這位庸醫的腦袋，但對不起，也要割髮權代首，卻刮掉了他的全副眉毛和半邊鬍鬚，讓他比少一縷頭髮的曹丞相更難堪百倍。而讀者呢？看到這樣的地方，你就不得不佩服作者的博學多才、滑稽多智、心眼多多、幽默多多。

如果說，以上幾則例證還多多少少帶有點雅典俗用的意味的話，那麼，就請看那些借雅而用雅或學雅而更雅的借樹開花的例子。

解縉走出門外，瞧了一瞧。斜對過乃曹尚書府宅，八字牆左，係曹府竹園。解縉見竹園朝宅，對竹千竿，寫對一聯云：「門對千竿竹，家藏萬卷書。」次早，乃新年初一。曹尚書拜節回家，只見對過一所破屋，貼著「門對千竿竹，家藏萬卷書」。便問管家曹寶：「對門破屋是誰家的？」曹寶便說：「是賣豆腐老解家的。」曹尚書又問：「他既賣豆腐，有什讀書的根基？他家還有什人？」曹寶回言：「他家只得一子，名喚解縉。」曹尚書著怒，便叫曹寶：「你與我將竹園竹子，砍去半段。」曹玉即時砍去。曹尚書又令曹寶：「去看解家對聯，扯去沒有？」曹寶去看，只見將紅紙接長一段云：「門對千竿竹短，家藏萬卷書長。」曹寶回家，依訴此言。曹尚書怒惱，叫曹寶將竹園竹根都鋤乾淨。曹尚書又叫曹寶去看，只見對聯又接長一段云：「門對千竿竹短無，家藏萬卷書長有。」曹寶回家，仍訴此言。曹尚書怒從心上起，氣向膽邊生：「這廝這等欺我！」（《解學士詩話》）

賴肖仁道：「其實也並不什麼精警，不過是四言韻語。四句十六字，是仿著古詩的體制，兄弟題的時候，也並不什麼經營。第一句叫做相貌堂堂。」眾人道：「妙極！好一個相貌堂堂。這『堂堂』兩個字，便切配著宰相公郎，別人移不去了。底下呢？」賴肖仁道：「第二句叫做掛在中堂。」眾人不禁拍手稱起好來，齊道：「宰相稱為中堂，這『中堂』兩字，用的更妙。」賴肖仁道：「底下二句是：有人問及，王十三郎。」眾人道：「確切之至，妙絕無倫，怪不得相國稱讚呢。」賴肖仁道：「後來還改過兩次呢。」眾人驚道：「已經妙絕，如何再更改起來？」賴肖仁道：「這其中有個緣故，十三公子忽地得了個瘧疾，足足患有一個多月，把臉上的肉瘦去了大半，這小影便不肖他了，倒像他的令弟十四郎，他便把小影送給了十四郎。十四郎見題句是題他令兄的，於是就叫我替他更改。」夏霸喜道：「已經題煞了，怎樣改法呢？」賴肖仁道：「容易，容易。被我每句下加了兩個字，便是十四郎小影了。我改成相貌堂堂無比，掛在中堂屋裏，有人問及是誰？王十三郎令弟。」眾人拍手稱妙。賴肖仁道：「十三公子將養了一個月，相貌漸漸復原，捨不得那張小影，便再問他令弟索回了，又請我把題句更改。」眾人道：「已經改了他的令弟，如何又好把字句塗抹了呢？」賴肖仁道：「我起初題的本是四言古詩，後來改了六言的宋詩體制，如今只好再改成四言了。我改的是；相貌堂堂，無比之容，掛在中堂，屋裏之中。有人問及，是誰之容，王十三郎，令弟之兄。」（《六路財神》第二回）

這兩段描寫中的文字遊戲，可以說玩到了出神入化的地步，當然，相比較而言，前面一則簡單一些，後面一則卻更加複雜多變，更令人感覺到漢語千變萬化之無窮趣味。但這樣兩則畢竟過於文氣，不如下面兩例之雅俗共賞：

黛玉忽見襲人滿面急怒，又有淚痕，舉止大變，便不免也慌了，忙問怎麼了。襲人定了一回，哭道：「不知紫鵑姑奶奶說了些什麼話，那個呆子眼也直了，手腳也冷了，話也不說了，李媽媽掐著也不疼了，已死了大半個了！連李媽媽都說不中用了，那裡放聲大哭。只怕這會子都死了！」（《紅樓夢》第五十七回）

寶珠含冤負屈，怨氣衝天，一急一躁，心如油煎，眼中一黑，口內鮮紅直噴，望後便倒。紫雲、綠雲忙趕上扶，已來不及，一跤栽倒在地，人事不知，暈了過去。紫雲一見都過慌唬了，個個大哭起來。文卿也吃了一驚，呆呆的不敢言語。紅鸞在後進，聽見前面哭聲，這一驚非同小可，忙領了兩個小丫鬟來，也顧不得迴避大伯，就跨進房來。見寶珠躺在地下，都嚇呆了。他年紀也輕，沒有見過，早已慌亂，不覺也哭起來。還是他有點主意，吩咐自己的小鬟快請夫人。小鬟不知頭腦，奔到上房，冒冒失失的道：「太太，不好了！大少奶奶死了，我們小姐同紫姐姐都哭了。」夫人聽了這句話，好似劈開兩片頂梁骨，傾下一盆雪水來，心裏一陣抖，口中哭出「苦命的兒來」，忙忙的往外奔走。（《蘭花夢奇傳》第五十九回）

襲人在萬分緊張之時，居然說賈寶玉「已死了大半個了！」而小鬟卻更是在驚慌失措之時大喊「大少奶奶死了」！相比較而言，《蘭花夢》的作者畢竟不如《紅樓夢》的作者，因為慌亂中說一個人死了，只是一種判斷失誤後的錯誤語言，很多人都會這麼說，而慌亂中卻說一個人死了大半個，卻不是一種純然的誤判，而是帶有一種猶疑不定而又有所希望的複雜心態的由衷表達，是僅屬於襲人這種怡紅院中「超級」大丫鬟的特殊心態下的特別用語，不要說《蘭花夢奇傳》中的小丫鬟學不會，即便是《紅樓夢》中其他小姐房中的大丫鬟也說不出，即便是怡紅院中的其他大丫鬟也說不出。因為所有的人都沒有襲人與寶玉那種特殊的關係，所有的人也都沒有誰像襲人那樣對寶二爺有著特別的希冀。但話說回來，《蘭花夢奇傳》中小丫鬟的那一身驚呼雖然不及襲人那樣精彩、精確，但仍然是真實的、符合當時場景的，同時，也是雅俗共賞的。

其實，在《紅樓夢》中，能感動讀者的並不僅止於黛玉、寶釵乃至於襲人、晴雯這些美麗而性格各異的少女，就連生活中的「大淨」——薛蟠等人也會給讀者留下深刻的印象，甚至被後人巧妙地借用：

雲兒笑道：「下兩句越發難說了，我替你說罷。」薛蟠道：「胡說！當真我就沒好的了！聽我說罷：女兒喜，洞房花燭朝慵起。」眾人聽了，都詫異道：「這句何其太韻？」（《紅樓夢》第二十八回）

薛蟠道：「據我看來，那裹腳的叫天足才對。」伯惠訝問何故。薛蟠道：「我記得一句什麼書，叫做什麼『天步艱難』。你想天足不是裹了的，何至於步履艱難呢？」寶玉道：「真奇怪得很，怎麼你說出這麼一句雅謔來！」薛蟠道：「這有什麼稀奇！你知道，『洞房花

燭朝慵起』，也是我說的酒令呢。」（《新石頭記》第八回）

《紅樓夢》中讓「洞房花燭朝慵起」這樣的文雅詩句作為酒令出現在薛蟠的口中，宛如異軍突起，令人讀後產生無窮的韻味。是呀，生活中有許多「粗人」，保不住也會在適當的時候吐出雅詞麗句，產生讓人刮目相看的效果。而薛蟠，自幼生活於溫柔富貴之鄉，詩禮簪纓之族，耳朵邊上聽過太多的子曰詩云，即便自身志不在此，但偶而流露一點家庭薰染的流風餘韻卻是極其可能的。寫薛蟠的這句「洞房花燭朝慵起」的酒令，所體現的正是曹雪芹對生活深刻的洞察力和敏感的捕捉力，是曹雪芹一種異樣的偉大。而在吳趼人先生筆下，借過《紅樓夢》中的薛蟠「太韻」的酒令，進一步發展成為以「天足艱難」比喻「裹足」的雅謔，除了寫活「新的薛蟠」以外，還有一種調笑當時的政治生活的妙處，是十分巧妙的「借樹開花」。

上例已臻極妙，而下面一例借《三國》之樹開自身之花則更具諷刺意味。

調撥已定，孔明自提大軍，令關興、廖化為先鋒，隨後進發。（《三國演義》第一百回）

蜀漢延熙十六年秋，將軍姜維起兵二十萬，令廖化、張翼為左右先鋒，夏侯霸為參謀，張嶷為運糧使，大兵出陽平關伐魏。（第一百九回）

時蜀漢景耀元年冬，大將軍姜維以廖化、張翼為先鋒，王含、蔣斌為左軍，蔣舒，傅僉為右軍，胡濟為合後，維與夏侯霸總中軍，共起蜀兵二十萬，拜辭後主，徑到漢中。（第一百十三回）

不期一日正揮毫繕寫間，突來一個不知名姓、寬衣博袖，滿臉腐氣的老儒。那人跨進書室，並不向主人致禮，便坐在那靠東椅子上，嗤的一笑道：「好，好，『蜀中無大將，廖化作先鋒』，你這少年，公然充起著述名家來，怪極，怪極。」（《掃迷帚》第二十四回）

據《三國演義》中的描寫，「蜀中無大將，廖化作先鋒」差不多已經成為一個成語，的確，蜀漢後期將才匱乏，像廖化這種只能率偏師或搞佯攻一類的二三流人才卻被派到先鋒的重要位置，這正是造成南陽臥龍及其後繼者大膽姜維「明知其不可為而為之」而六出祁山、九伐中原終歸失敗的大悲劇的重要原因之一。這樣一個雅俗共賞的典故，卻被那位名叫「壯者」的作者借用過來，諷刺性地描寫出一位拖歷史前進的後腿，瞧不起青年才俊進而鄙夷新事物的冬烘而又刻薄的老儒形象，堪稱入骨三分。

不僅小說名著中某些人物的事蹟可以被後代小說作家借樹開花，就連某些名著中一些人物的姓名也能在後代小說中熠熠生輝，精彩絕倫。請看：

> 西門慶看見上面銜著許多印信，朝廷欽依事例，果然他是副千戶之職，不覺歡從額角眉尖出，喜向腮邊笑臉生。便把朝廷明降，拿到後邊與吳月娘眾人觀看，說：「太師老爺抬舉我，升我做金吾衛副千戶，居五品大夫之職。你頂受五花官誥，做了夫人。又把吳主管攜帶做了驛丞，來保做了鄆王府校尉。吳神仙相我不少紗帽戴，有平地登雲之喜。今日果然不上半月，兩樁喜事都應驗了。」又對月娘說：「李大姐養的這孩兒甚是腳硬，到三日洗了三，就起名叫做官哥兒罷。」（《金瓶梅》第三十回）

> 王嵩依言拿與桂姐，教他送進去。馮士圭道：「這不消拿與我，你拿去叫個木匠，收拾樓上一間房，把與露花丫頭，也是體面。明年正月初一起，家裏大小下人，都吩咐稱他是露姐，新養的孩子，都稱他做科哥，小孩子生來，他爹就中了。想還是好的。」桂姐依言，一一都和王嵩說了。（《巫夢緣》第十二回）

《金瓶梅》中的西門慶在陞官之時得到一個兒子，於是，順理成章，這個兒子就被叫做「官哥兒」；《巫夢緣》中的王嵩在科舉場中春風得意時，喜得貴子，當然，同樣順理成章，這小孩就被叫作「科哥兒」。這是不是模仿呢？當然是！但這種模仿並不令人生厭，恰恰相反，它給人一種出其不意的幽默感，一種潛藏得很深的諷刺意味。更有甚者，不僅「人名」可以影響「人名」，產生令人忍俊不禁的諷刺效果，就連小說名著中的一句新穎的詞句，也被後世小說家借用，演變成為一個妙不可言的人物形象。

> 忽警幻道：「塵世中多少富貴之家，那些綠窗風月，繡閣煙霞，皆被淫污紈絝與那些流蕩女子悉皆玷辱。更可恨者，自古來多少輕薄浪子，皆以『好色不淫』為飾，又以『情而不淫』作案，此皆飾非掩醜之語也。好色即淫，知情更淫。是以巫山之會，雲雨之歡，皆由既悅其色，復戀其情所致也。吾所愛汝者，乃天下古今第一淫人也。」寶玉聽了，唬的忙答道：「仙姑差了。我因懶於讀書，家父母尚每垂訓飭，豈敢再冒『淫』字。況且年紀尚小，不知『淫』字為何物。」警幻道：「非也。淫雖一理，意則有別。如世之好淫者，

不過悅容貌，喜歌舞，調笑無厭，雲雨無時，恨不能盡天下之美女供我片時之趣興，此皆皮膚淫濫之蠢物耳。如爾則天分中生成一段癡情，吾輩推之為『意淫』。『意淫』二字，惟心會而不可口傳，可神通而不可語達。」(《紅樓夢》第五回)

女仙曰：「賤妾號意淫，所居洞府名曰意馬。」姹女曰：「煉道多年？」意淫曰：「已數百春秋矣。」姹女曰：「尚未飛昇耶？」意淫曰：「未得同人參厥元機，故至今尚在妖部。」姹女曰：「爾言妖部，何物所成？」意淫曰：「杜侍郎次子名號美仙，俊秀非常，生平意念好淫，以此殞命。侍郎恨甚，命僕舁至五牛山下，草草安厝。未逾三載，壙崩軀出，被虎吞食。因心隱壙底，未露其形，得日月照臨，能化人形貌，後遇吾師福海，教以煉道方兒，數百年來，始克駕霧乘風，遍遊四境。此愚妹出身之醜，不堪為姊告也，而姊又屬何妖部乎？」(《繡雲閣》第五回)

「意淫」，曹雪芹擁有註冊商標的一個讓人千古意會而難以言傳的概念，在《繡雲閣》中，竟然生生幻化成為一個女妖的雅號，而且幻化出一個感人的故事。這裡，曹雪芹的思想被「強化」了，或者說被「強姦」了。因為後面的作者根本不顧及曹雪芹先生「意淫」本意的深刻蘊涵，而是根據自己的需要生造出這麼一個形象和這麼一個故事，其奈他何？但仔細一想，《繡雲閣》的作者魏文中也並非全然無理。曹雪芹先生的「意淫」無論有多深刻，還不是一種「心魔」？而這位大號「意淫」的女妖，何嘗不是少男少女心魔的幻化？既如此，二者之間還是有隱藏很深的連接點的，而能將隱藏很深的連接點通過藝術的形式表現出來，我們不得不佩服晚清的魏文中先生文心之細。

然而，還有比魏文中更大膽地「解構」曹雪芹著作中人名的作家，同樣是晚清的俞達，在其《青樓夢》中，居然依照警幻仙姑塑造了一位「警幻道人」，曹雪芹如果活到晚清，恐怕是多多少少有點兒哭笑不得的。

那仙姑笑道：「吾居離恨天之上，灌愁海之中，乃放春山遣香洞太虛幻境警幻仙姑是也：司人間之風情月債，掌塵世之女怨男癡。」(《紅樓夢》第五回)

那老者聽了，便以篙打扶，把挹香救至舟中，說道：「此澗乃是覺迷津，對岸就是警幻山，山中有位大仙，法號警幻道人。你要想到那裡，只怕萬萬不能！你若要回去，我當渡你過去。」(《青樓夢》

第六十回）

在《紅樓夢》的一系列續書和仿作中，《青樓夢》屬於中不溜秋的水平，它既不太好，也不太差。但是說句大實話，《青樓夢》對於《紅樓夢》，則是從書名到立意全都反向而行的。謂予不信，請看俞達的藝術自白：你寫「紅樓千金」，我就寫「青樓女子」；你寫賈寶玉對「紅樓千金」珍重相處的愛戀，我就寫金挹香對「青樓女子」居高臨下的垂憐；你寫主人公「情了為佛」的懸崖撒手，我就寫主人公功成名就的求仙學道；你寫掌管風月債的警幻仙姑，我就寫引渡覺迷津的警幻道人。儘管俞達不止一次地將大觀園移向青樓，甚至請出薛寶釵、林黛玉聯袂登場，現身說法，但曹雪芹對他的做法一定是會提出強烈抗議的。因此，這種借樹開花，其實是借參天大樹開出了罌粟小花。由此亦可見得，並不是所有的借樹開花都能做到「好花爭發豔陽枝」的。

當然，更多的時候借樹所開之花還是萬紫千紅並散發出誘人的光彩與芳香的。尤其是那些反覆連類及彼而且暗渡陳倉般的借用，更會產生十分雋永的審美效果。且以一連串的「比」作為本文的結束：

婉香似笑不笑的道：「你幾回了，動不動就拿鶯鶯比我。我問你，鶯鶯是什麼的……？」寶珠忍不住嗤的一笑，道：「你又問我了，我不敢講。」……春妍道：「究竟講些什麼來？」婉香道：「你還問呢。他總不是拿我比黛玉，就拿我比……」說到這裡，又縮住嘴，眼圈兒一紅，向寶珠轉了一眼。（《淚珠緣》第五回）

……。

關於「雷擊」與「雷神」的若干問題

中國人在賭咒發誓的時候，往往拉上雷神，最常見的表達方式是，我若如何如何，便雷打火燒，不得好死。在古代小說中，諸如此類的描寫也頗為常見。例如：

> 飛熊叫聲啊呀、撲落的跑在地下道：「我的老爺，原來你就是文忠臣！我方才對你坐著，不怕天雷打死的嗎？」素臣連忙拉起道：「怎說這話？你官職雖卑，也是朝廷命官；我不過一生員，怎對坐不得？」（《野叟曝言》第六十六回）

> 金不換道：「人若沒個榜樣擺在前面，自己一人做去，或者還有疑慮。當日大哥若不是捨死忘生，焉能有今日道果？我如今只拿定『不要命』三個字做去，將來有成無成，聽我的福緣罷了。從此後若有三心二意，不捨命修行，定教天雷打死，萬劫不得人身。」（《綠野仙蹤》第二十七回）

> 玉面狐聞聽呂祖之話，慌忙跪倒塵埃，恭恭敬敬的向著呂祖稽首而拜。此時已復人身，便能說話。一面跪拜，一面櫻唇慢啟，說道：「上仙留命之恩，小畜銘心刻骨，不敢忘慈悲大德。上仙藥石良言，小畜敢不謹記遵行？有負上仙放生善念，日後定遭雷擊之劫。」說著，又深深的福了幾福。（《狐狸緣全傳》第二十二回）

一個地方官吏，在沒有弄清敬仰已久的社會名流的真實身份之前，莽撞地與其相對而坐，亦即分庭抗禮意思，識得廬山真面目之後，居然認為方才對坐的行為要遭天雷打死。一個改邪歸正的人，在自己的人生導師面前發誓重新做人，說的同樣是若有三心二意，遭天雷打死。就連作惡多端的妖狐，也在呂洞賓面前表示，如果辜負上仙厚望，定會遭雷霆之劫。由此可見，「雷擊」，在人們的心目中是極公平、極有力度的，甚至是帶有一定程度的恐懼感的事物。那麼，雷擊的對象主要有哪些呢？有一篇小說做了回答：

> 暗室每知懼，雷霆恒不驚，人心中抱愧的，未有不聞雷自失。只因官法雖嚴，有錢可以錢買免，有勢可以勢請求；獨這個雷，那裡管你富戶，那裡管你勢家。故我所聞有一個牛為雷打死，上有朱字，道他是唐朝李林甫，三世為娼七世牛，這是誅奸之雷；延平有雷擊三個忤逆惡婦，一個化牛，一個化豬，一個化犬，這是剿逆之雷；一蜈蚣被打，背有「秦白起」三字，他曾坑趙卒二十萬，是翦暴之雷；一人侵寡嫂之地，忽震雷縛其人於地上，屋移原界，是懲貪之雷；一婦因娶媳無力，自傭工他人處，得銀完姻。其媳婦來，不見其姑，問夫得知緣故，當衣飾贖姑，遭鄰人盜去，其媳憤激自縊。忽雷打死鄰人，銀還在他手裏，縊死婦人反因雷聲而活，這是殄賊之雷。不可說天不近。（《型世言》第三十三回）

你看，雷擊有誅奸的、剿逆的、翦暴的、懲貪的、殄賊的，如此等等，不一而足。更有意味的是，上述這些提及和尚未提及的，在中國古代小說中，都得到了活靈活現的描寫和反映。且看誅奸的作品：

> 唐元和中，李師道據青齊，蓄兵勇銳，地廣千里，儲積數百萬，不貢不覲。憲宗命將討之，王師不利。而師道益驕，乃建新宮，擬天子正殿，卜日而居。是夕雲物遽晦，風雷如撼，遂為震擊傾圮。俄復繼以天火，了無遺燼。青齊人相顧語曰：「為人臣而逆其君者，禍固宜矣。今責降自天，安可逃其戾乎？」旬餘，師道果誅死。（《宣室志》卷之七）

這個李師道，較之李林甫有過之而無不及。他擁兵自重、稱霸一方，「姦臣」二字已不足以概括其惡行，驕橫與殘暴在他身上融為一體。故而，天雷對其實行警告，實行打擊，讓他不得善終。這既是誅奸，又是翦暴。故而青齊一帶的民眾在老天懲罰惡人時相顧而語，從內心深處感到高興。

當然，對於一般讀者而言，國家重臣之間的政治鬥爭孰是孰非，他們並不太清楚，而發生在身邊的不忠、不孝、不仁、不義之人和事卻是決不可原諒的。尤其是在處於弱勢群體的讀者無法解決社會中的醜惡現象時，他們總希望公正而又能量特大的超現實的天神來給世道人心一個公平的說法——「雷擊」惡人！

> 廣陵孔目吏歐陽某者，居決定寺之前。其家妻小遇亂，失其父母。至是有老父詣門，使白其妻：「我，汝父也。」妻見其貧陋，不悅，拒絕之。父又言其名字及中外親族甚悉，妻竟不聽。又曰：「吾自遠來，今無所歸矣。若爾，權寄門下信宿可乎？」妻又不從，其夫勸，又不可。父乃曰：「去，吾將訟爾矣！」左右以為公訟耳，亦不介意。明日午，暴風雨從南方來，有震霆入歐陽氏之居，牽其妻至中庭，擊殺之。大水平地數尺，鄰里皆漂蕩不自持。後數日，歐陽之人至后土廟神座前，得一書，即老父訟女文也。(《稽神錄‧歐陽氏》)

> 河南婦，世為河南民家。大兵下江南，婦被虜，姑與夫行求數年，得之湖南，婦已妻千戶某，饒於財，情好甚洽，視夫姑若途人。會有旨，凡婦人被虜，許銀贖，敢匿者死。某懼罪，亟遣婦，婦堅不行，夫姑留以俟，婦閉其室，弗與通，遂號慟頓絕而去。行未百步，青天無雲而雷，回視，婦已震死。(《南村輟耕錄》卷二十二《河南婦死》)

以上二則所反映的是五倫中的兩大重要倫理：女兒對父親的「孝」和夫妻恩義。前一則中的歐陽妻，當失散多年的老父從遙遠的地方找上門來時，作為女兒的她卻因為父親「貧陋」，老大不高興，拒絕認識父親，就連可憐的老人希望住一晚也不答應，甚至丈夫出面勸說也無效。又老又窮的父親萬般無奈，只好到后土廟告這個不孝女兒，最終，雷霆將這個沒有人性的女人擊打致死。後一則寫戰亂中夫妻失散，女人被亂兵擄掠，嫁給一個有錢有勢的千戶。事後，國家有政策，凡是這種通過擄掠而來的妻子，都應該讓原夫贖回。那有錢有勢的後夫害怕政策懲罰，急忙送出女子。殊不知這女人貪戀富貴，堅決不與原夫返回，致使原夫和婆婆號啕大哭而去。於是，天雷也打死了這個見異思遷的女人。這樣兩件事，即使放在今天，那兩個女人也會受到法律制裁和道德譴責的，無論何種原因，子女必須贍養父母；建立在擄掠基礎上的夫妻關係是不合法的，必須歸還原配。但在當時，那兩個女人就這樣違背倫理、違背道德、違背法度、違背良心，就這樣做了，你其奈她何？殊不知，天雷卻要出來主持公道。當然，天雷的方法過於簡單，打死了事！雖然這種懲罰方式有些殘忍，但終究是大快人心的，尤其是第一例。作者記載或描寫了這樣的故事，其本意就是為了「剿逆」。

「剿逆」而外，當然還有「懲貪」「殄賊」的故事，請再看例證：

> 廬山下賣油者，養其母甚孝謹。為暴雷震死。其母自以無罪，日號泣於九天使者之祠，願知其故。一夕，夢緋衣人告曰：「汝子恒以魚膏雜油中，以圖厚利。且廟中齋醮，常用此油，腥氣薰蒸，靈仙不降。其震死宜矣！」母知其事，遂止。（《稽神錄·廬山賣油者》）

> 鄰居都聞得呂氏夫婦為銀角口，又聞呂氏自縊，焦黑心虧，將銀揭於腰間，才走出大門，被雷打死。眾人聚看，見焦黑燒似榾柮，衣服都盡，只裙頭揭一青油帕，全未燒壞。有膽大者解下看何物，則是銀，數之共二十五件。眾人皆曰：「可立夫婦正爭三十兩銀，說二十五件，莫非即此銀也？」將來秤過，正是三十。送與呂氏認之，呂氏曰：「是也。」眾人方知焦黑偷銀被震。（《皇明諸司廉明公案·旌表類·謝知府旌獎孝子》）

前一例中的賣油者，對母親倒是很講孝道，但對其他人卻昧著良心幹壞事。他的行為堪稱今天搞「地溝油」的無良之人的老祖宗。故而，他也得遭到雷擊。這種懲罰夠重的，遠比今天的罰款了事解恨得多。後一例則是譴責小偷的，而且由於小偷的行為，使得丟了銀子的夫妻反目成仇，竟至相互懷疑，差一點釀出人命案。其中原因，乃是小偷偷盜的數目巨大：三十兩銀子。在明代，那可是四個小姑娘賣身為奴的身價呀！《金瓶梅》可以證明：「李瓶兒道：『老馮領了個十五歲的丫頭，後邊二姐買了房裏使喚，要七兩五錢銀子。請你過去瞧瞧。』金蓮隨與李瓶兒一同後邊去了。李嬌兒果問西門慶用七兩銀子買了，改名夏花兒，房中使喚。」（第三十回）在當時，七兩銀子就可以買一個小丫頭，而焦黑的心真正是「焦黑」，他一下子就偷了別人三十兩銀子，這樣的歹徒，天雷不轟擊他還留著幹什麼？

除了上述這些誅奸的、剿逆的、翦暴的、懲貪的、殄賊的雷擊之外，還有一些雷擊也是令人舒心暢氣的。

> 漢河南李叔卿，為郡工曹，應孝廉。同輩疾之，宣言曰：「叔卿妻寡妹。」以故不得應孝廉之目，叔卿遂閉門不出。妹悲憤，乃詣府門自經，叔卿亦自殺，以明無私，既而家人葬之。後霹靂遂擊殺

所疾者，以置叔卿之墓。所震之家，收葬其屍。葬畢，又發其冢。（《太平廣記》卷三九三）

人家努力工作，憑著自己的德、能、勤、績得到應有的擢升和榮譽，但是偏偏有「同輩」之人羨慕妒忌恨。羨慕妒忌恨也就罷了，這位「同輩」還要造謠生事，竟然誣陷正直之人與守寡的妹妹通姦，致使兄妹二人含冤自殺。這樣的冤情，人間官府不管，朝廷不管，自然有人管，那就是天雷，正直無私的天雷、大義凜然的天雷、洞若觀火的天雷、是非分明的天雷，只有他，能夠一而再再而三地懲罰因羨慕妒忌恨而造謠生事的惡人，為被冤屈者伸張正義！

個體犯罪，天雷一定要懲罰；集體犯罪，天雷當然更要大打出手。尤其是在官府判案不明的時候，雷神將是最公正的法官。

苦只是苦了個庾盈，無辜受害。那勞氏只在家拜天求報應。這日還是皎日當天，晴空雲淨。只見：爍爍爍火飛紫焰，光耀耀電閃金蛇。金蛇委轉繞村飛，紫焰騰騰連地赤。似塌下半邊天角，疑崩下一片山頭。怒濤百丈泛江流，長風弄深林虎吼。一會子天崩地裂，一方兒霧起天昏，卻是一個霹靂過處，只見有死在田中的，有死在路上的，跪的，伏的，有的焦頭黑臉，有的偏體烏黑。哄上一鄉村人，踏壞了田，擠滿了路，哭兒的，哭人的，哭爺的，各各來認。一個是鮑雷，一個是花芳，一個是尤紹樓，一個史繼江，一個范小雲，一個邵承坡，一個郎念海，卻是一塊兒七個：襯人乃襯己，欺人難欺天。報應若多爽，舉世皆邪奸。（《型世言》第三十三回）

不僅是上述這樣的特大案件，天雷可以主持正義，就是鄉里小兒之間雞毛蒜皮的小事，雷神也無處不在地主持公道，甚至巧妙地平反冤獄。

庚寅歲，茅山村中兒牧牛，洗所著汗衫，曝於草上而假寐，及覺失之。唯一鄰兒在傍，以為竊去，因相喧競。鄰兒父見之，怒曰：「生兒為盜，將安用汝！」即投水中。鄰兒匍匐出水，呼天稱冤者不已。復欲投之。俄而雷雨暴至，震死其牛。汗衫自牛口中嘔出，兒乃得免。（《稽神錄．茅山牛》）

任何時代，人與人之間總會存在著各種糾紛、摩擦。有些糾紛、摩擦甚至難以用是與非來衡量。但是，做人要有最基本的道德底線，如果衝越了這個底線，那就會被人們罵之為「負心漢」「負心賊」。這種負心之人或許在短時間內可以得到意想不到的收穫，甚至居高位、擁鉅資，得到多方面的享受。但是不要忘記，湛湛青天不可欺，天雷正在這些負心漢的頭上盤旋，隨時可能落下。可不，下面這個負心漢就受到了應有的責罰：

> 史無畏者，曹州人也，與張從真為友。無畏止耕壟畝，衣食窘困，從真家富，乃謂曰：「弟勤苦田園，日夕區區，奉假千緡貨易，他日但歸吾本。」無畏忻然齎緡。父子江淮射利，不數歲，已富。從真繼遭焚爇，及罹劫盜，生計一空。遂詣無畏曰：「今日之困，不思弟千緡之報，可相濟三二百乎。」無畏聞言，輒為拒扞，報曰：「若言有負，但執券來。」從真恨怨填臆，乃歸庭中焚香泣淚詛之，言詞慷慨，聞者戰慄。午後，東西有片黑雲驟起，須臾，霪雨雷電兼至。霹靂一震，無畏遽變為牛，朱書腹下云：「負心人史無畏。」經旬而卒。（《會昌解頤錄》）

像史無畏這樣的負心賊子在現實生活中雖然不多，但卻也不絕如縷。古代小說中對這種人多半是實行譴責和懲罰的，而譴責或處罰最明快的手段就是天雷劈打。你看，多麼乾淨利落，多麼大快人心！古人最為簡明的生存之道或曰人與人之間的簡明相處法則就是殺人償命、借債還錢。殺人而不償命、借債而不還錢者必遭法律制裁或天譴。然而，還有一種更令人切齒痛恨的負心賊，古人稱之為「負心漢」者，他們或停妻再娶，或遺棄糟糠，甚至還有為了新歡而殺戮原配者。對於這樣的負心漢，古代小說描寫多多。當然，最後結局是絕沒有好下場。或被女方索命，或被閻王勾魂，其中最為簡潔明快的仍然是天雷轟擊！且看戲劇舞臺上迴蕩了幾百年的唱詞：「正走之間淚滿腮，想起了古人蔡伯喈。他上京中去趕考，一去趕考不回來。一雙爹娘都餓死，五娘子抱土築墳臺。墳臺築起三尺土，從空降下一面琵琶來。身背著琵琶描容相，一心上京找夫回。找到京中不相認，哭壞了賢妻女裙釵。賢慧的五娘遭馬踹，到後來五雷轟頂是那蔡伯喈。」（《戲考》第四冊）京劇也罷，地方戲也罷，很多劇種都有《小上墳》的折子戲，而上引這段唱詞，就是該劇女主人公蕭素貞在上墳路上所唱。這段唱詞所敘述的正是南戲巔峰之作《琵琶記》的前身《趙貞女》的基本劇情。在那個戲裏，蔡伯喈是辜負了妻子趙五娘的，不僅辜負，甚至還要騎馬踹死原妻。這樣的行為，可謂負心漢之極致，天雷如果放過他，那也就不是公正的天雷了。

除了譴責、懲罰負心漢和形形色色的壞人之外，天雷的另一個功能就是「除妖」，這實際上是將妖孽與壞人捆綁打擊的一種文化蘊含。因為在古人看來，壞人就是人間妖孽，而妖孽又是壞人的動物化、自然化。下面這個例子最能說明這一問題。

> 陝西某縣一老嫗者，住村莊間，日有道流乞食，與之無吝色。忽問曰:「汝家得無為妖異所苦乎？」嫗曰:「然。」曰:「我為汝除之。」即命取火，焚囊中符篆。頃之，聞他所有震霆聲。曰:「妖已誅殛，才逭其一。廿年後，汝家當有難。今以鐵簡授汝，至時，亟投諸火。」言訖而去。自是久之，嫗之女長而且美，一日，有曰大王者，騎從甚都，借宿嫗家，遣左右謂曰:「聞嘗得異人鐵簡，可出示否？」蓋嫗平日數為它人借觀，因造一偽物，而以真者懸腰間，不置也。遂用偽獻。留不還，謂曰:「可呼汝女行酒？」以疾辭，大王怒，便欲為姦意。嫗竊思道流之說，計算歲數又合，乃解所佩鐵簡投酒灶火內。既而電掣雷轟，煙火滿室。須臾，平息，擊死獼猴數十，其一最巨，疑即向之逃者。所齎隨行器用，悉係金銀寶玉，走告有司，籍入官庫。泰不華元帥為西臺御史日，閱其案，朱語曰「鬼贓」云。(《南村輟耕錄》卷六《鬼贓》)

二十年前的妖孽——妖精的殘渣餘孽，二十年後化身惡人來騷擾、殘害那可憐的老太太及其女兒。尤其是這個妖孽變成的壞人將老太太的法寶——鐵簡騙到手以後，就兇相畢露，企圖姦淫良家女子。幸虧老太太給他的是假貨，這才幸免於難。而這時，天雷出現了，電掣雷轟，擊殺了這一群妖孽，不僅挽救了弱小的母女，而且還追回了二十年前的賊贓。當然，嚴格而言，應該是鬼贓、妖贓。其實，說穿了，盜賊與妖魔還不就是一家子？只不過盜賊在青天白日人模人樣而已！

還有更厲害的妖精，僅憑天雷的力量尚不足以乾淨、徹底地將它消滅，這就要借助神佛的力量了。中國古代小說對此描寫亦不少，以下為典型例證。

> 忽然烈日當天，立時晦暗，人都對面不能看見。電光一連閃了幾閃，那近山的人，聽得山前似翻江攪海的一般。接著數聲霹靂，遠近居人，無不驚駭得掩耳閉目，不敢舉動。卻說這妖精見一個電閃來，即騰身出洞，盤在一株大樹上。那雷在樹頂轟轟的方要下擊，卻被這畜一口毒氣噴上，早驚散了。少時，又是雷聲漸迫，他卻遁

去，如飛的到了五十里外一個娘娘廟。那廟卻是蓋造在個山頂之上，樓上下兩間。樓上乃是娘娘的神像，樓下乃是一尊立像的韋陀。這孽畜就伏在娘娘龕下，縮得身子只有一寸來長。那雷轟轟的直趕將來，卻尋不著他在甚麼去處，登時圍繞著廟宇響個不住。足有三個時辰，霹靂的一聲，天忽開霽。後來廟祝看見，韋陀的那條杵上，約莫有寸來長的一根小蛇，從中心穿在上頭，卻是燒得頭尾都焦，縮在一團。遠近的人轟傳開了，成千上萬的人都來觀看。街市上紛紛的說，雷打了一條蛇，在娘娘廟韋陀杵上。原來那蛇一時躲娘娘佛龕之下，雷公急切尋他不著。這座韋陀顯聖，將杵在樓板之上，從底下直穿通上去，剛剛的戳在業畜中心之上。所以雷電交加，方才打死。（《婆羅岸全傳》第三回）

這裡所寫的蛇妖，簡直是一個色情狂魔，被他姦污和殺害的有上自郡王小姐、下至良家姑嫂的婦女多名。由於它罪大惡極，惹怒天庭，於是就有天雷來擊打它。不料它賊滑多智，躲在娘娘廟的神龕之中，讓天雷尋找不到，無法擊打。後來，在韋陀天尊的幫助下，才將這孽畜打得焦黑。諸如此類的例子，在古代小說中俯拾皆是，不勝枚舉。這樣寫來寫去，寫得多了，天雷就無形之中具有了一個專門的職責：打擊妖精，尤其是狐狸精。

其實，正如同「人」有好壞之分一樣，「妖」也有善惡之辨。「壞人」比「善妖」更壞，「善妖」比「壞人」要好。蛇如此、虎如此，狐狸精尤其如此。在古人心目中，狐狸是僅次於人類的一種生物精靈，而狐狸修煉成精以後，就會成為大善大惡，或曰極善極惡。不過，在神話傳說和文學作品中，狐狸精的形象應該是善多於惡的。從大禹的老婆到聊齋的狐妖，更多的美麗、溫柔、善良、多情、勇敢、機智的狐女形象極大地豐富了中國古代文學的人物畫廊，尤其是女性形象畫廊。正因如此，許許多多的讀者，便對狐狸精產生了一種複雜的心理。有幾分恐怕，有幾分憧憬，有幾分希冀，有幾分同情。但有一點，就心態正常的讀者而言，他們覺得如果一旦某個狐狸精對人類不僅無害反而有情的時候，這樣的狐女便是不能辜負的，甚至應該予以保護。而當某些善良美麗的狐狸精遇到劫難尤其是天雷轟擊的時候，她們首先想到的也就是向人類求助，尤其是向曾經與自己肌膚相親的戀人求助，如下面這位狐女雲英。

一日，百順與雲英飲酒，雲英兩眼淚汪汪的說道：「到六月二

> 十三日天將大雨，該我遭劫，求郎君念婦夫之情，救奴一命。」百順說：「怎麼救法？」雲英說：「到那一天，你坐在書房裏，若有黃狸貓去。便是奴家，你把我收在書箱裏，你老倚著書箱看書，俟雷過天晴，可以沒事。」(《碧玉樓》第十四回)

可惜的是，這位王百順卻是人類中之惡人，他不僅沒有拯救那美麗善良的狐妻，反而有意將雲英置於天雷之下讓她被活活打死。有幸的是，人類中像王百順這等惡人畢竟是極少數，更多的男人是會在善良的狐女面前承擔責任的，甚至會用生命去捍衛這種超自然同時也超社會的人狐之愛。下面這位聖裔孔先生就是這麼做的。

> 公子曰：「余非人類，狐也。今有雷霆之劫。君肯以身赴難，一門可望生全；不然，請抱子而行，無相累。」生矢共生死。乃使仗劍於門。囑曰：「雷霆轟擊，勿動也！」生如所教。果見陰雲晝暝，昏黑如磐。回視舊居，無復閈閎；惟見高冢巋然，巨穴無底。方錯愕間，霹靂一聲，擺簸山嶽，急雨狂風，老樹為拔。生目眩耳聾，屹不少動。忽於繁煙黑絮之中，見一鬼物，利喙長爪，自穴攫一人出，隨煙直上。瞥睹衣履，念似嬌娜。乃急躍離地，以劍擊之，隨手墮落。忽而崩雷暴裂，生僕，遂斃。少間，晴霽，嬌娜已能自蘇。……忽吳家一小奴，汗流氣促而至。驚致研詰，則吳郎家亦同日遭劫，一門俱沒。(《聊齋誌異・嬌娜》)

狐女嬌娜的「娘家狐」因為有孔生的捨身救助終於化險為夷，而嬌娜的「婆家狐」卻由於缺乏孔生這樣的保護人而慘遭滅門之禍。可見好人的力量，也可見愛情的力量！然而，這裡卻又涉及另外一個問題，人可以幫助狐「避劫」，具體而言，就是逃避天雷的打擊。上面講到的雲英與王生、嬌娜與孔生的例子可謂一正一反，但卻有一個共同特點，它們所描寫的都是「人」對於「狐」主動的「害」或者「救」。但還有一些狡猾的狐狸精卻在「人」不知情的前提下，躲在人的身後或者身下來避劫，因為天雷是不能無故擊打善良人的。這就形成了有些人無意之間救了遭劫之狐的故事。下面兩位「潛官員」就都無意間做了這種善事。

> 王太常，越人。總角時，晝臥榻上。忽陰晦，巨霆暴作，一物大於貓，來伏身下，展轉不離。移時晴霽，物即逕出。視之，非貓，始怖，隔房呼兄。兄聞喜曰：「弟必大貴，此狐來避雷霆劫也。」後

果少年登進士，以縣令入為侍御。（《聊齋誌異・小翠》）

才走至殿內，只聽得忽喇喇霹靂一聲，風雨驟至。包公在供桌前盤膝端坐，忽覺背後有人一摟，將腰抱住。包公回頭看時，卻是一個女子，羞容滿面，其驚怕之態令人可憐。包公暗自想到：「不知誰家女子從此經過，遇此大雨，看他光景，想來是怕雷。慢說此柔弱女子，就是我三黑聞此雷聲亦覺膽寒。」因此，索性將衣服展開遮護女子。外邊雷聲愈急，不離頂門。約有兩三刻的工夫，雨聲漸小，雷始止聲。不多時，雲散天晴，日已西暉，回頭看時，不見了那女子。（《七俠五義》第二回）

不過，王公子和包公子也應該感到高興，因為古人普遍認為，狐狸精來借助躲避「雷霆劫」的這個保護傘，並不是任何人都可以充當的，只有將來可以成為達官貴人者才可以讓狐狸避劫。而且，這兩個故事中的狐狸精，私下裏也對「保護傘」進行了桃色報恩，王太常所庇之狐送給他美麗的兒媳，包大人所庇之狐則乾脆成就他娶得賢妻。

以上所言，都是「雷」、「人」、「狐」之間的故事，但天雷擊打的對象除了壞人和妖狐以外，還有許多對象，例如著名的上八仙中人氣指數最高的呂洞賓就曾經得罪了上天，即將受到天雷的擊打。而呂純陽避劫卻是雙保險：自己的神通和大善之人的庇護。因此，呂純陽才對大善人梁灝說明了自己「犯事」的原因、過程和補救方式：「黃龍後知此杵是我所贈，收合了四海龍王，來到龍華會尋我報仇。我便用太乙神劍，把黃龍斬卻。四海龍王心不甘服，決水淹我眾仙。我等把泰山推倒，填塞東海；鐵拐仙又用神火葫蘆，將東海之水燒乾。四海龍王便先上表，說我等八仙之過。玉帝命趙元帥查察，不料趙元帥偏袒一方，硬奏派天兵前來征討，我等大怒，把他殺敗。是鍾離仙叫我下凡暫免其禍，誰知趙元帥回奏玉帝，此時差了托塔天王李靖同著雷部正神，前來捉我問罪。這雷部雖是正神，也抵不住我的法力，若再把他們傷了，豈不罪上加罪；若隨他們前去，又弱了上八仙的名頭，左思右想，不如求居士與我救護一時，日後再行上表分辯。」（《呂純陽三戲白牡丹》第二十回）

這裡面提到雷神的法力有限，至少是趕不上上八洞神仙中的呂洞賓們，那麼，雷神究竟有多大的神通，他們在天國的位置如何，或者說，追根溯源，他們來自何方，又長得何種模樣呢？

我們需要進一步走近雷神。

最早記載雷神的書籍應該是神話集兼地方志的《山海經》，該書有言：「雷澤中有雷神，龍身而人頭，鼓其腹。在吳西。」（《海內東經》）「東海中有流波山，入海七千里。其上有獸，狀如牛，蒼身而無角，一足，出入水則必風雨，其光如日月，其聲如雷，其名曰夔。黃帝得之，以其皮為鼓，橛以雷獸之骨，聲聞五百里，以威天下。」（《山海經．大荒東經》）

這裡說的雷神，或者叫做雷獸，他們都是個體的，好像還沒有成為一個「部門」。而他們的長相卻是半人半獸的：「龍身而人頭，鼓其腹。」「狀如牛，蒼身而無角，一足，出入水則必風雨，其光如日月，其聲如雷。」在以後的小說作品中，作者們繼續塑造著雷神的形象：

> 晉扶風楊道和，夏末於田內獲，值天雷雨，止桑樹下。霹靂下擊之，道和以鋤格之，折其左肱，遂落地，不得去。唇如丹，目如鏡，毛如牛角，長三尺餘，狀如六畜，頭似獼猴。（《搜神記．霹靂》）

> 成式至德坊三從伯父，少時於陽羨家乃親故也。夜遇雷雨，每電起，光中見有人頭數十，大如栲栳。（《酉陽雜俎》卷八《雷》）

> 處士周洪言，寶曆中，邑客十餘人，逃暑會飲。忽暴風雨，有物墜如玃，兩目睒睒。眾人驚伏床下。倏忽上階，歷視眾人，俄失所在。及雨定，稍稍能起，相顧，耳悉泥矣。（《酉陽雜俎》卷八《雷》）

> 貞元年中，宣州忽大雷雨，一物墜地，豬首，手足各兩指，執一赤蛇齧之。俄頃，雲暗而失，時皆圖而傳之。（《酉陽雜俎》卷八《雷》）

這四個例子，又從不同的角度塑造了雷神形象，比上古傳說中的更具體，更具有社會化、人類化特點。在這裡，雷神實際上已成為人類或人類所熟悉的動物的多重結合的「造像」，那麼直觀，那麼質感，那麼可以親近。而更妙的是，某些作品還寫到雷神的婚姻生活。

> 庚申歲，番禺村女有老姥與之餉田。忽雲雨晦冥，及霽，反失其女。姥號哭，乃求訪。鄰里相與尋之，不能得。後月餘，復雲雨晝晦，及霽，而庭中陳列筵席，有鹿脯、乾魚、果實、酒醢，甚豐腆。其女盛服至，而姥驚喜持之。女自言為雷師所娶，將至一石室

中，親族甚眾。婚姻之禮，一同人間。今使歸返，而他日不可再歸矣。姥問：「雷郎可得見耶？」曰：「不可得。」留數宿，一夕，復風雨晦冥，遂不可見矣。(《稽神錄·番禺村女》)

請注意，從「雷獸」到「雷神」再到「雷郎」，其形象離讀者的審美認同越來越近，雖然這位神秘的「雷郎」之真面目我們始終沒有看到，但他很像讀者身邊的某個人卻是確定無疑的。這種「雷神」形象的由遠及近的發展趨勢，正代表了中國古代小說史對神仙鬼怪描寫的發展趨勢。再到後來，雷神終於「組團」了，他們成為天上的一個部門——雷部，而且主要成員基本固定下來。明清章回小說有多處寫到雷部。

那太白金星與美猴王，同出了洞天深處，一齊駕雲而起。原來悟空筋斗雲比眾不同，十分快疾，把個金星撇在腦後，先至南天門外。正欲收雲前進，被增長天王領著龐、劉、苟、畢、鄧、辛、張、陶，一路大力天丁，槍刀劍戟，擋住天門，不肯放進。(《西遊記》第四回)

孫悟空道：「老孫因特造尊府，告借雷部官將相助相助。」天尊道：「既如此，差鄧、辛、張、陶，帥領閃電娘子，即隨大聖下降風仙郡聲雷。」那四將同大聖，不多時，至於風仙境界。即於半空中作起法來。只聽得呼魯魯的雷聲，又見那淅淅瀝瀝的閃電。(《西遊記》第八十七回)

雷部二十四位天君正神名諱：鄧天君，諱忠；辛天君，諱環；張天君，諱節；陶天君，諱榮；龐天君，諱洪；劉天君，諱甫；苟天君，諱章；畢天君，諱環；秦天君，諱完；趙天君，諱江；董天君，諱全；袁天君，諱角；李天君，諱德；孫天君，諱良；柏天君，諱禮；王天君，諱變；姚天君，諱賓；張天君，諱紹；黄天君，諱庚；金天君，諱素；吉天君，諱立；餘天君，諱慶；閃電神；助風神。(《封神演義》第九十九回)

由「龐、劉、苟、畢、鄧、辛、張、陶」的基本成員發展到二十四位雷部天君正神，而且每一位都有名有姓，有鼻子有眼的，不由得你不相信！更有甚者，在晚清小說《蕩寇志》中，作者還借張天師之口，發表了古今結合的三十九位「雷部」大員。且看天師奏道：「張叔夜乃是雷聲普化天尊座下大弟子雷霆總司神威蕩魔霹靂真君降生；張伯奮乃是雷聲普化天尊左侍者青雷將軍降生；張仲熊乃雷聲普化天尊右侍者石雷將軍降生。（此三人在雷祖座下，不與三十六宮之列。其餘三十六人乃是三十六雷府中神將。）雲天彪乃是正心雷府八方雲雷都督大將軍降生；陳希真乃是清虛雷府先天雨師內相真君降生；鄧宗弼乃是太皇雷府開元司化雷公將軍降生；辛從忠乃是道元雷府降魔掃穢雷公將軍降生；張應雷乃是主化雷府陽聲普震雷公將軍降生；陶震霆乃是移神雷府威光劈邪雷公將軍降生；龐毅乃是皓帝雷府雷師皓翁真君降生；劉廣乃是廣宗雷府五雷院使真君降生；苟桓乃是升元雷府報應司總司真君降生；畢應元乃是希元雷府幽枉司總司真君降生；祝永清乃是神霄雷府玉府都判將軍降生；陳麗卿乃是瓊靈雷府統轄八方雷車飛罡斬祟九天雷門使者阿香神女元君降生；雲龍乃是慶合雷府威靈普遍萬方推雲童子降生；劉慧娘乃是梵炁雷府驅雷掣電照膽追魔糾察廉訪典者先天電母秀元君降生；風會乃是左罡雷府先天風伯次相真君降生；傅玉乃是玉靈雷府雷部總兵將軍降生；蓋天錫乃是洞光雷府雪冤辨誣卿師使相真君降生；金成英乃是安墠雷府萬方威應招財錫福真君降生；哈蘭生乃是極真雷府靈應顯赫扶危濟急真君降生；劉麒乃是岐陽雷府九壘總司威靈將軍降生；孔厚乃是丹精雷府調神御氣燮理陰陽司命天醫真君降生；真祥麟乃是青華雷府祥光瑞電天喜真君降生；欒廷玉乃是紫沖雷府嘯風鞭霆天沖真君降生；康捷乃是符臨雷府傳奏馳檄追魔攝怪九天雷門律令使者降生；范成龍乃是變仙雷府總司九龍真炁神變普應將軍降生；楊騰蛟乃是歷變雷府總司五龍真炁飛騰顯應將軍降生；祝萬年乃是升極雷府廷壽保命輔聖真君降生；劉麟乃是元宗雷府水官溪真驅邪使者降生；歐陽壽通乃是元沖雷府水官溪真攝魔使者降生；韋揚隱乃是定精雷府火部司令五方顯應將軍降生；李宗湯乃是保華雷府火部司令中山真靈將軍降生；唐猛乃是天婁雷府五方蠻雷將軍降生；聞達乃是景琅雷府元罡斬妖將軍降生；欒廷芳乃是微果雷府元罡縛邪將軍降生；王進乃是輔帝雷府雷部總兵使者降生；賀太平乃是敬皇雷府侍中僕射上相真君降生。」（第一百三十八回）

將雷神如此這般格套化，其實是一種敗筆，即便是出現在《西遊記》《封神演義》這樣的名著中，也是一種敗筆。這些後起的成規模、成建制的雷部神將，遠遠比不上先前那些散兵遊勇般的雷神。那些雷神該是多麼生動活潑呀！不同的作者，你寫你的，我寫我的，百花齊放，五彩斑斕。而那些雷神之所以可愛，主要是因為他們也有缺點，也有弱點，甚至會出乖露醜，甚至會鬧笑話。例如：

江西村中霆震，一老婦為電火所燒，一臂盡傷。既而空中有呼曰：「誤矣。」即墜一瓶，瓶有葉如膏，曰：「以此傅之即瘥。」嫗如其言，隨傅而愈。家人共議：「此神丹也。」將取藏之。數人共舉其瓶，不能動。頃之，復有雷雨，攝之而去。又有一村人，亦震死。空中人呼曰：「誤矣！可急取蚯蚓搗爛，傅臍中，當瘥。」如言傅之，乃蘇。（《稽神錄．江西村嫗》）

唐代州西十餘里有大槐，震雷所擊，中裂數丈。雷公夾於樹間，吼如霆震。時狄仁傑為都督，賓從往觀。欲至其所，眾皆披靡，無敢進者。仁傑單騎勁進，迫而問之，乃云：「樹有乖龍，所由令我逐之。落勢不堪，為樹所夾。若相救者，當厚報德。」仁傑命鋸匠破樹，方得出。其後吉凶必先報命。（《太平廣記》卷三九三）

你看，上一例中的這兩位雷神，工作不認真，思想開小差，結果打錯了對象。好在他們知錯能改，積極採取治療措施，這樣，還是得到了人民的原諒，僅僅將雷神的過錯作為「話柄」給後人講述一下而已。後一例更絕，雷神在打擊乖龍的時候，用力過猛，兼之方位偏離，結果將自己卡在樹杈中，狼狽不堪。幸虧狄仁傑鼎力相助，才得脫離窘境。這樣一個雷神，冒冒失失卻又不失天真可愛之處，是活靈活現的人物形象。這些小說作品中的塑造人物的藝術經驗告訴我們，正面人物形象、尤其是英雄人物形象，最忌過於高大、完美，反之，有缺點的英雄人物形象更為真實，也更為可愛，英雄與反英雄集於一身的人物形象可能更具審美穿透力和永恆的藝術魅力。下面一例中的兩個人物形象，更能說明這一問題。

時海康大旱，邑人禱而無應，鸞鳳大怒曰：「我之鄉，乃雷鄉也。為神不福，況受人奠酹如斯；稼穡既焦，陂池已涸，牲牢饗盡，焉用廟為？」遂秉炬爇之。其風俗，不得以黃魚彘肉相和食，食之亦必震死。是日，鸞鳳持竹炭刀，於野田中以所忌物相和啖之，將有所伺。果怪雲生，惡風起，迅雷急雨震之。鸞鳳乃以刀上揮，果中雷左股而斷。雷墮地，狀類熊、豬，毛角，肉翼青色，手執短柄剛石斧，流血注然，雲雨盡滅。鸞鳳知雷無神，遂馳赴家，告其血屬曰：「吾斷雷之股矣，請觀之。」親愛愕駭，共往視之，果見雷折股而已。又持刀欲斷其頸，齧其肉；為群眾共執之，曰：「霆是天上靈物，爾為下界庸人，輒害雷公，必我一鄉受禍。」眾捉衣袂，使鸞鳳奮擊不得。逡巡，復有雲雷，裹其傷者，和斷股而去。沛然雲雨，自午及酉，涸苗皆立矣。遂被長幼共斥之，不許還舍。於是持刀行二十里，詣舅兄家，及夜，又遭霆震，天火焚其室；復持刀立於庭，雷終不能害。旋有人告其舅兄向來事，又為逐出。復往僧室，亦為霆震，焚爇如前。知無容身處，乃夜秉炬，入於乳穴嵌空之處，後雷不復能震矣。三暝，然後返舍。自後海康每有旱，邑人即醵金與鸞鳳，請依前調二物食之，持刀如前，皆有雲雨滂沱，終不能震。(《傳奇・陳鸞鳳》)

雷神受供一方，本應為一方造福，不料他卻對海康大旱置之不理。這樣，就惹怒了民間英雄陳鸞鳳，他對雷神實行了猛烈攻擊，最終，竟至將雷神打落在地。同時，也帶來了一場大雨，客觀上緩解了旱情。然而，人民懼怕雷神，反而指責陳鸞鳳，使之東躲西藏。而陳鸞鳳卻不怕，始終保持著持刀相對雷神的戰鬥姿勢。終於，雷神服輸了，對陳鸞鳳產生了恐懼心理。如此一來，陳鸞鳳就成為了海康人民的雷神「傳導器」，每當旱情發生，陳鸞鳳就擺出「請」雷神的架勢，雷神也就老老實實打雷下雨。這篇小說中的雷神和陳鸞鳳兩個形象，都是英雄與反英雄的「共軛」。就雷神而言，本來是驕橫不可一世的，不料受到陳鸞鳳的侮辱，他幾番報仇不成，最終還是接受了人間的威脅，或者說，被迫改正了自身的錯誤，客觀上達到了造福於民的效果。就陳鸞鳳而言，出於正義，敢鬥權威，而且具有不屈不撓的精神，但也有行為莽撞、不計後果的毛病。當然，就這兩個人物相比較而言，陳鸞鳳的英雄一面多於反英雄一面，而雷神的反英雄一面多於英雄一面。但無論如何，這種共軛人物形象總比那些面目蒼白的「雷部」諸神要鮮活得多！

到這裡，本文的基本問題業已解決，似乎可以收官。但且慢，還有最後一個有趣的知識點必須正視：雷神擊打對手、或曰某人某妖遭劫是否有「時限」？答案是肯定的。其實，在上面引錄的某些資料中，已經隱隱約約涉及這一問題。如：「俟雷過天晴，可以沒事。」「移時晴霽，物即逕出。」「約有兩三刻的工夫，雨聲漸小，雷始止聲。」但都比較籠統，不如下面這則材料來得具體：

純陽道：「也不用什麼法術，只於明日午時三刻，把貴宅的五福堂收拾出來，供在堂中。貧道在內奉誦道德真經，居士當門而立，雷部不敢入內。只要午時一過，雷部已回天復旨，則無事矣。」梁灝答應，立刻照辦。純陽又命椿精手捧太乙神劍，立在身旁，以防不測。梁灝也把五福堂供起來，單等呂祖前去避劫，且自不表。（《呂純陽三戲白牡丹》第二十回）

原來雷神的擊打有時限規定，一般說來是「午時三刻」，只要午時一過，雷神就要上天復旨，如果沒打著對象，也只能「過期作廢」了。

就連雷神擊打都有這麼多講究，可見，萬事都有規矩，不依規矩不成方圓。但筆者對這一問題印象最為深刻的一點卻是：不管雷神自身長相如何、性格如何、地位如何，只要照章辦事就是好雷神，破壞規矩的就是壞雷神。

雷神如此，人間亦應如是。

人與鬼的「慚愧」

在中國人的傳說世界裏，鬼是一種恐怖的東西。其身材、相貌、形象、氣質、心性，都是「人」的異化甚或妖魔化。因此，在正常情況下，人都是怕鬼的，而且，在怕鬼的同時，一般的人又都對鬼充滿了蔑視。這種既輕賤之又恐懼之的心態，在許許多多的文學作品尤其是小說作品中都得到了充分的反映。但這只是就一般作品而言，對於某些別具手眼的作家所寫的別開生面的小說而言，情況遠不是這樣。這些作品往往在寫鬼的可怖、可賤的同時，還寫了他們可愛的一面，有的作品甚至充滿了鬼趣。

鬼趣是多方面的，這裡只談一點，即鬼類的羞愧感。與人相比，鬼是有充分的自卑感的。他們沒有人類那麼完整，那麼漂亮，那麼大氣，那麼陽光，所謂鬼形怪狀、鬼鬼祟祟、鬼鬼啾啾、鬼鬼魆魆、鬼鬼溜溜、鬼計百端、鬼張鬼智、鬼裏鬼氣、鬼蜮伎倆、鬼頭鬼腦、鬼魔三道、鬼影憧憧，都是對他們的貶抑之詞。鬼當然知道自己無法與人相比，因此久而久之，這種自卑感就日益牢固了。可以這麼說，沒有一個人願意變成鬼，但沒有一個鬼不願意變成人。人貴而鬼賤，這是人界與鬼界的共識。進而言之，鬼的這種自卑感其實是人傳達給他的。人類從心底深處瞧不起鬼，時間長了，鬼也就覺得這種被瞧不起的狀態是天經地義的、自然而然的，當然也就是可以接受的了。

為了說明問題，我們不妨先看一個「人」極端蔑視「鬼」的例子：

> 嵇康燈下彈琴，忽有一人長丈餘，著黑單衣，革帶。康熟視之，乃吹火滅之，曰：「恥與魑魅爭光。」(《靈鬼志．嵇康》)

在魏晉六朝人們的心目中，嵇康是有很高的「人格」的，他不僅身材如玉樹臨風，而且精神世界也極其雅潔和高貴。這麼一個純粹而又高貴的人中龍鳳，正在從事人類最高尚的動作——彈琴的時候，居然臨頭碰上了鬼中最不堪的「魑魅魍魎」之流，嵇康的自尊心、好情緒都被徹底破壞，於是，他就要表示極大的憎惡與蔑視，用以回報魑魅對他的騷擾。他吹滅了燈，表示我連看都不想看到你，並且斷然表示：「恥與魑魅爭光。」其實，這也就是不共戴天的另一種說法。有趣的是，這個故事只是寫嵇康的獨角戲，並沒有寫鬼的感受。不過，絕大多數的讀者一定會進行審美補充：那魑魅定會在嵇康的正義凜然之下，無地自容，灰溜溜地倉皇逃竄。

在這裡，慚愧的是人而不是鬼。嵇康偶而與鬼共了一次燈光，就覺得自己像貞潔的女人被流氓摸了一下屁股一樣，節操有損，於是羞愧，於是憤怒，於是有了正義凜然的報復。但畢竟，嵇康在這裡缺乏了一點雅量，缺少了一絲靜氣，他雖然恥與魑魅爭光，但無意之間，卻與鬼爭了閒氣。因此，嵇康的做法，並非百分之百的魏晉風度。而下面這一位，風度似乎更為「翩翩」一些：

> 阮德如嘗於廁見一鬼，長丈餘，色黑而眼大，著皂單衣，平上幘，去之咫尺。德如心安氣定，徐笑語之曰：「人言鬼可憎，果然！」鬼即赧愧而退。（《幽明錄．阮德如》）

這段文字與上面寫嵇康的那段相比，最大的不同點在八個字：心安氣定，徐笑語之，這就是一份人生處世遊刃有餘的自信和安閒，這就是一種做人的極境。上下五千年，縱橫九萬里，面對醜惡、面對恐怖，能表現得如此從容鎮定的能有幾人？阮德如做到了，因此他偉大，因此他瀟脫，因此他超凡入聖，因此他非常人可比，從而，他也真正地摧毀了鬼類的心智，使之「赧愧而退」。可見，真正的人格魅力是可以戰勝一切魔鬼的。

然而，中國古代小說往往並不停留在對書中人物人格魅力的展示，某些作品還有一個更大的任務，在人格之上寫人情尤其是人情中的男女之愛情。清代的《聊齋誌異》《紅樓夢》就是這方面的翹楚，即以文言短篇小說之王的《聊齋》而論，其中寫男女之真情的篇什可謂層出不窮，而且絕大多數都是精品，甚至還有精品中的精品如《青鳳》等數篇。進而言之，《青鳳》篇並非只成功描寫青鳳一人，篇中人物，個個出色，尤以青鳳、耿去病最為動人。青鳳一狐女，然大家閨秀風範；耿生大家子，卻狂放如狐妖。為了愛情，耿去病可以不顧一切，也表現了一種睥睨萬物的氣概。尤其在面對老狐化成的鬼物的時候，他並不粗莽，而是有那麼一份機趣的淡定和淡定的機趣。

> 至夜，復往，則蘭麝猶芳，而凝待終宵，寂無聲欬。歸與妻謀，欲攜家而居之，冀得一遇。妻不從，生乃自往，讀於樓下。夜方憑几，一鬼披髮入，面黑如漆，張目視生。生笑，染指研墨自塗，灼灼然相與對視。鬼慚而去。（《聊齋誌異．青風》）

耿去病的機趣與淡定我們且不去說他，這裡更應該注目於「鬼」。這實在是一個很知道廉恥的鬼，當他做出非常恐怖的樣子去嚇唬書生的時候，面對書生的沉著鎮定和幽默調侃，他慚愧了，倉皇離去。這使我們想起了阮德如碰到的那個鬼，面對文人的嘲笑，他也是慚愧了，倉皇離去。可見，這樣的鬼是很有自知之明的，很有羞愧感的，而這種自知之明和羞愧感其實正是一種極端的自尊自重。或者，反過來說，這種羞恥心，正是鬼的道德底線。鬼尚如此，對於人而言，羞恥心更應該是道德的底線。

人無廉恥，百事可為。

沒有羞愧感的人連「鬼」都不如！

喜極而亡的男人

酒、色、財、氣，乃人生四大欲望，平心而論，它們本來是正常的東西。但是，如果過分了，就會給人們帶來災難。過分的嗜酒、好色、貪財、鬥氣，小則惹禍，大則喪身，這已經是被無數事實證明過無數次的鐵的定律。

即以好色而論，便應該在無可避免的前提下予以節制。何謂好色？乃是對異性（有的人也對同性）的美色的一種愉悅感。好色之心人皆有之，於是留下了恒河沙數的合情合理和不可理喻、花好月圓與月缺花飛的愛情、婚姻故事。但對於某些初次與女色零距離接觸的年輕人而言，極度衝動的好色，居然會被奪去生命。請看以下故事：

有人家甚富，止有一男，寵恣過常。遊市，見一女子美麗，賣胡粉，愛之。無由自達，乃託買粉，日往市，得粉便去。初無所言，積漸久，女深疑之。明日復來，問曰：「君買此粉，將欲何施？」答曰：「意相愛樂，不敢自達，然恒欲相見，故假此以觀姿耳。」女悵然有感，遂相許以私，克以明夕。其夜，安寢堂屋，以俟女來，薄暮果到。男不勝其悅，把臂曰：「宿願始伸於此！」歡踴遂死。女惶懼，不知所以，因遁去。（劉義慶《幽明錄》）

這位「富家子」在與心儀已久的女孩歡會時，受不了這種喜出望外的強刺激，竟然「歡踴遂死」。好在他於「另一半」的激情呼喚下，又回到了充滿愛情溫馨的人間。可惜的是，並非每一個喜極而亡的男人都是如此幸運的，下面這一位可是永遠地消逝了。

那阮三是個病久的人，因為這女子，七情所傷，身子虛弱，這一時相逢，情興酷濃，不顧了性命。那女子想起日前要會不能得會，今日相見，全將一身要盡自己的心，情懷舒暢。不料樂極悲生，倒鳳顛鸞，豈知吉成凶兆：任意施為，那顧宗筋有損，一陽失去，片時氣轉，離身七魄分飛，魂靈兒必歸陰府。正所謂：誰知今日無常，化作南柯一夢。那小姐見阮三伏在身上，寂然不動，用雙手兒摟住了郎腰，吐出丁香送郎口，只見牙關緊咬難開，摸著遍身冰冷。驚荒了雲雨嬌娘，頂門上不見了三魂，腳底下蕩散了七魄，番身推在裏床，起來，忙穿襟褀，走出房前。（《清平山堂話本·戒指兒記》）

這篇作品後被馮夢龍收入《喻世明言》中，改名《閒雲庵阮三償冤債》，文字大同小異。阮三雖然「樂極生悲」而「一陽失去」，但他畢竟得以「倒鳳顛鸞」，得到了自己心愛的女人，為愛情而死，也算死得其所。而下面這一位可就更倒楣了：

紹興府會稽縣東街有富子姓陶名厥，盛服往市，經樓下。樓上有婦傾浴湯，誤濺富子衣服。富子怒目婦，婦含笑巽謝。富子仰見婦色豔麗，乃回嗔相揖而別。歸而慕之，無由得之可諧，思久成疾。母愛子，私問致疾之由，子以實對，母深為子危。假以貿物，見婦人而親密，乘間以誠告曰：「吾夫婦年老，止生一子，倘蒙憐救，誓當厚報。」婦憐之，與曰：「吾夫某日當往外，昏時郎可至。」如期而往，婦匿之樓上。且安置翁姑，閉門戶，登樓，子已死於婦床矣。蓋久疾體弱，父（又）驚喜交集故也。婦驚呼，翁姑見之。翁懼累自縊，姑亦驚悸死。（《海剛峰先生居官公案傳》第十六回《貪色喪命》）

可憐的男孩，愛上了一個有夫之婦。通過自己母親溺愛得無以復加的辛苦勞動，竟然感動了那位極富同情心的婦人。不料，那美麗女人救命的行為竟然成了害命的行動。癡情男兒尚未一親芳澤就命喪黃泉。何以致之？衝動，性情的衝動！再加上久病體弱，故而一命嗚呼。這個故事從另一個角度再次印證了一個顛撲不破的真理：衝動是魔鬼。

中國古代小說中一而再、再而三地描寫這種男女幽會時由於過分衝動而導致的悲劇結局，其目的當然是勸誡後人要約束自己的色慾，但在客觀上卻寫出了為愛情而忘乎所以的真性情男兒。作為愛情中的極品、或曰異類，他們以其特殊的方式留在了小說史上。

還有一個與最後一則材料相關的問題：那裡面的後半段描寫當然是來自《幽明錄》和《清平山堂話本》，但該故事的前半段、亦即陶厥與美婦認識的過程，卻又源自《水滸傳》《金瓶梅》和《喻世明言．蔣興哥重會珍珠衫》。不過，這裡面的陶公子並沒有西門慶和陳大郎那麼「反面」而已。而實際上，即便陶厥與美婦的幽會沒有那個黑色的結局，也注定是悲劇的。因為陶公子所勾引的是有夫之婦，最後，「十場人命九場奸」，陶厥與美婦丈夫之間極有可能要死掉一個。這也是上引第三例不如前兩例的根本原因之一。

相比較而言，偷嘗禁果終究比紅杏出牆更有一層基本道德的保護傘。

打賭的勝負雙保險

常識告訴我們，只要是雙方打賭，總有或勝或負。很難見到某一方無論勝負都是「勝」，或者說，都是占盡便宜。這種雙保險的好事哪兒去找？殊不知，在中國古代小說中，就有那種聰明而又油滑的男人，在與女人打賭的時候，偏偏就能這樣「旱澇保收」，只賺不賠。

> 十娘曰：「少府亦應太饑。」喚桂心盛飯。下官曰：「向來眼飽，不覺身饑。」十娘笑曰：「莫相弄！且取雙六局來，共少府公賭酒。」僕答曰：「下官不能賭酒，共娘子賭宿。」十娘問曰：「若為賭宿？」余答曰：「十娘輸籌，則共下官臥一宿；下官輸籌，則共十娘臥一宿。」十娘笑曰：「漢騎驢則胡步行，胡步行則漢騎驢；總悉輸他便點。兒遞換作，少府公太能生。」五嫂曰：「新婦報娘子：不須賭來賭去，今夜定知娘子不免。」十娘曰：「五嫂時時漫語：浪與少府作消息。」下官起謝曰：「元來知劇，未敢承望。」（張鷟《遊仙窟》）

這段文字有幾個詞語先得解釋一下：「雙六」，即雙陸，古代的一種賭博性遊戲用具。「太能生」，當時俗語，狡黠滑頭的意思。「知劇」，玩笑開過頭的意思。明白了這些特殊詞語，我們閱讀這段文字就順暢了。這是一個嫖妓的官員與妓女開玩笑時高雅的佔便宜話語。兩人賭賽雙陸，男人贏了睡女人，女人贏了睡男人，歸根結底是嫖客奸宿了妓女。那妓女十娘當然聽得懂這高雅而下流的玩笑，因此，她也反唇相譏：「漢騎驢則胡步行，胡步行則漢騎驢。」意謂彼此彼此，如此如此。於是，大家在心照不宣的情境中進入佳境。張鷟不愧是唐代早期傳奇的大手筆，尤其是他的文字遊戲，更可謂玩得出神入化。

這樣美麗俏皮的下流話並不是每一位作家都寫得出來的。在一般作家那兒，尤其是一般文言小說作家那兒，文字要麼美麗，要麼下流，這樣美麗而下流到俏皮的地步的人物對話殊為罕見。

無獨有偶，明代有一部並不起眼的章回小說居然也描寫了這種「打賭的勝負雙保險」的俏皮話。

> 次日天明，披甲出戰。公主曰：「我說你這匹夫被吾搧去跌死了，為何今日又來？此回叫你必是死的。」華光曰：「我那日去尋手下人，你怎搧得我去？好住口。」公主又曰「你這匹夫，那日自己被我搧去，今日尚敢說大話。少刻將你這匹夫搧去，你又是去尋手下人？」華光曰：「我說去尋手下的，你說是搧我去。我今日與你賭賽。」公主曰：「賭賽甚的？」華光曰：「賭一扇為期。你若三扇，搧得我一根頭髮動，我與你拿去，將金塔還你，與你做個丈夫。三扇你搧我一根頭髮不動，我拿你來，和我做個妻子，金塔亦不還你。」公主曰：「你這無端匹夫，休得反悔前言。」華光曰：「一言既出，駟馬難追。」(《南遊記》第十二回)

這裡，可不是嫖客雅謔妓女，而是男仙調戲女仙了。應該說，這位華光天王比那位人間的「下官」更為下流無恥。因為他竟然把該在妓院中說的玩笑話搬到了戰場之上，調戲起美麗的敵人來了。但無論如何，這種旱澇保收的俏皮話的效果卻是一樣的。而且毫無疑問，《南遊記》學的就是《遊仙窟》。

但是，《南遊記》中的這段描寫又並非純然學的《遊仙窟》。除了「打賭的勝負雙保險」之外，這段描寫還一明一暗學習了另外兩部章回小說名著。用扇子連搧敵人三下的描寫顯然來自《西遊記》中的「孫悟空三調芭蕉扇」，這是「明學」；而在性命攸關的戰場居然向敵方的美女「做起光來」的流氓無賴行徑，難道不又是「暗學」了《水滸傳》中的「一丈青單捉王矮虎」嗎？

一事而三學，可見中國古代小說發展的潛流是多麼迴旋往復，中國古代小說蔓延的青藤又是多麼盤根錯節呀！

有情無情均抗暴

唐人傳奇小說《任氏傳》中的任氏，堪稱千古第一狐妖，同時，也是《聊齋誌異》中上百名狐女的正面典型。其實，如果拋開任氏的狐精身份，她竟是一個身份低微而又美麗善良的市井婦女形象。作者在作品的最後一段議論發人深思：「嗟乎，異物之情也有人道焉！遇暴不失節，徇人以至死，雖今婦人，有不如者矣。」其中，「遇暴不失節」的評語，指的就是下面這個片段：

> 既至，鄭子適出，崟入門，見小僮擁篲方掃，有一女奴在其門，他無所見。徵於小僮，小僮笑曰：「無之。」崟周視室內，見紅裳出於戶下，迫而察焉，見任氏戢身匿於扇間。崟引出就明而觀之，殆過於所傳矣。崟愛之發狂，乃擁而凌之，不服。崟以力制之，方急，則曰：「服矣，請少迴旋。」既緩，則捍禦如初，如是者數四。崟乃悉力急持之，任氏力竭，汗若濡雨。自度不免，乃縱體不復拒抗，而神色慘變。崟問曰：「何色之不悅？」任氏長歎息曰：「鄭六之可哀也！」崟曰：「何謂？」對曰：「鄭生有六尺之軀，而不能庇一婦人，豈丈夫哉！且公少豪侈，多獲佳麗，逾某之比者眾矣。而鄭生，窮賤耳。所稱愜者，唯某而已。忍以有餘之心，而奪人之不足乎？哀其窮餒，不能自立，衣公之衣，食公之食，故為公所繫耳。若糠糗可給，不當至是。」崟豪俊有義烈，聞其言，遽置之。斂衽而謝曰：「不敢。」（《任氏傳》）

書中的韋崟公子是鄭六的親戚，更是鄭六的恩人，故而鄭六的「外室」之妻任氏說丈夫「窮餒，不能自立，衣公之衣，食公之食」。也正因為此，韋崟才敢去調戲鄭六的這位來歷不明的「外妾」。因此，韋崟企圖強暴任氏時的心態一是愛之發狂，一是居高臨下。因為，無論任氏長得多麼美麗，在韋崟的潛意識中她都是下賤的。如此，則作為嫁給窮小子作外室的卑賤異類任氏，一般說來是不敢抗拒恩公富豪韋崟的。但任氏畢竟還是反抗了，而且是反覆抗拒，當力不從心時，她乾脆停止了行動上的反抗，而在一聲長長的歎息之後對韋崟進行了義正詞嚴的理喻。更奇怪的是這種理喻之詞居然產生了效果，使當時的情形發生逆轉。那富家兒郎居然斂衽而謝曰：「不敢。」這真是咄咄怪事，任氏的那一番言辭何以具有如此巨大的力量呢？一方面固然是因為韋公子「豪俊有義烈」，而更重要的恐怕還是對任氏執著愛戀鄭六的一種感動。因為無論從哪方面而言，鄭六都遠遠不及韋崟，而任氏偏偏就愛鄭六，而且還願意為這種愛付出自己的一切。這是一種深沉的愛，一種在旁人看來無法理解的愛。正是這種愛，形成了弱者對付強者的巨大能量，不可抗拒的感動人心的力量。任氏的勝利，是弱者的勝利，也是強者的勝利。從生理條件來看，任氏是一個弱女子，但在精神世界裏，任氏簡直就是一個「夸父」，偉岸的、陽剛的、悲劇的夸父！

換一個角度看問題，任氏對鄭六的深情正是通過對韋崟的無情所表現出來的。也正因如此，任氏的抗暴也就屬於本篇題目所謂「無情」的抗暴。那麼，是否有恰恰相反的情形發生呢？或者說，在「有情人」之間，女方是否也會抗拒那種來自如意郎君的情不自禁的性暴力呢？答案是肯定的。請看下面金千里與王翠翹的表現：

> 金生等不得，才鑽了過來，就去偎抱翠翹。翠翹拒之道：「六禮未成，怎便作此輕狂之態！郎若如此，妾不敢復見矣。」金生道：「業已蒙許為夫婦矣，此夫婦所不免，何輕狂之有？芳卿既諾之，又拒之，莫非心變？」翠翹道：「非變也，有說焉。妾思男女悅慕，室家之大願也，未必便傷名教。只恨始因情重，誤順良人，及至聯姻，已非處子。想將來無限深情，反出一場大醜，往往有之。此固女子不能自愛，一開男兒疑薄之門，雖悔何及！崔、張佳偶也，使其始鶯娘有投梭之拒，則其後張生斷無棄擲之悲。正其始，自能正其終。惜鶯娘輕身以媚張生，張生身雖暱之，心實薄之矣。人見生之棄鶯，在遊京之日，而不知實起於抱衾之時。再來相訪，欲免羞郎之悲，烏可得乎！卓氏私奔，難免白頭之歎。西子歸越，且遭沉

溺之悲。此實女子有以自取之，與良人無與也。願郎以終身為圖，妾以正戒自守，兩兩吹簫度曲，翫月聯詩，極才子佳人情致，而不墮淫婦姦夫惡派。前人不必有其跡，後人不必效其尤，則吾二人獨踞一席，作萬古名教風流榜樣，豈非極可傳可法之盛事乎！」(《金雲翹傳》第三回)

《金雲翹傳》並非標準的才子佳人小說，但它的前三回卻是頗為典型的才子佳人小說寫法。金生者，才子也；翠翹者，佳人也。而且，這一對才子佳人還膽大妄為，居然挖通了牆壁零距離接觸。然而，就在情不自禁的男子企圖越雷池一步的時候，女子拒絕了。而且，拒絕的方式如同任氏——以理服人。只不過王翠翹的「理」與任氏的「理」不太一樣，任氏所言是普通人際關係的「情中理」，而翠翹所說的則是引經據典的占統治地位的「理中理」。任氏是出現於唐代的在狐女皮囊掩蓋下的市井下層女性形象，翠翹則是產生於明末的北京大戶人家的千金小姐形象，兩人的出身、教養、經歷、遭遇不同，所處的時代、環境、對象也大為有異。故而，王翠翹的抗暴與任氏的抗暴雖然形式上有些相似，但內在含義則截然不同。

更有甚者，這位王翠翹小姐竟然還面對同一位如意郎君「抗」了兩次「暴」。當然，第二次稍稍帶有了一些情的因素，因此也顯得略為溫柔婉轉。

金生見翠翹星眼朦朧，紅蕖映臉，如煙籠芍藥，雨潤桃花，情思不禁。因偎抱於懷道：「慈悲方寸，獨不將一滴菩提以救焚原苦海，心何忍也。」翠翹道：「苦海無邊，回頭是岸。只消自解自脫，何須問道於言。」金生熟視翠翹不語，翠翹已悟道：「郎君又著魔了，妾非土木，豈故作此矯情之事。但義有不可，時有未及，今日之守，實為君耳。苟涉淫蕩，君何取重於妾。」金生道：「古之烈女，亦有行之者，何獨不可？」翠翹道：「妾以不可學古人之可，君以古人之可諒妾之不可，始知妾之不可，乃所以全其可者大矣！女人之守身如守瓶，瓶一破而不能復全。女一玷安得復潔？他日合巹之夕，將何為質乎！彼時悔而疑，疑而不至渝盟者，未之有也。君念及此，即使妾起不肖之念，君方將手刃之，以絕淫端，乃先以淫誨妻子耶！」言方義正，說得金生冰冷，因起謝道：「卿言是也，吾不及多矣。」(《金雲翹傳》第三回)

王翠翹的兩次抗拒金生「過分」要求，雖然第二次稍顯溫柔，但內在的嚴寒卻是如同霜雪一般的。故而，「說得金生冰冷」。這簡直就是對著一盆炭火迎頭一瓢冰水。可悲的是，王翠翹最終受到命運的播弄，終究未能實現守瓶之約，而只能破鏡重圓。那結局當然怪不了王翠翹，但畢竟是悲劇的。而且，癡情的王翠翹企圖以妹妹王翠雲作為自己「純潔的替代物」去嫁給金生，而自己卻賣身救父，淪為妓女，就更是一種深層的悲劇了。並且，這種悲劇還是多重的。第一，愛情可以替代嗎？第二，用妹妹的童貞去彌補姐姐的虧欠，豈不是更無聊的「處女癖」？第三，金千里如果將王翠雲真正當成了王翠翹，他還是多情郎君嗎？這一情節，應該說是《金雲翹傳》這部原本不錯的深刻反映中國封建時代婦女悲劇命運的小說中最大的敗筆。

回到「抗暴」。出人意料的是，像王翠翹這種有情的抗暴在此後的一部非驢非馬的小說中居然得到了一次頗為低俗的複製。

> 時二人比肩並坐，各訴衷情。意洽情濃，漸談佳境。細語低笑，意態百端。生因酒後興狂，竟把纖腰抱住，推倒几上，欲試春香。梅映雪悉力推持，緊攬裙帶。厲聲曰：「君何無禮之甚耶？吾素重君比德圭璋，今何惡薄如此。」生低聲曰：「春色迷人，豈能自禁。倘不蒙見許，死在須臾耳。」映雪猶左支右持，不覺羅裙漸開。下體微露，溫柔潔白，攝魄消魂。生將玉股提開，將欲入馬。映雪料知難免，乃長歎曰：「事勢至此，吾將奈何。獨惜十數載之軀，今夜死於君手耳。」說訖，放手不動，任生所為。生知映雪以死自期，意方少阻。乃釋手，縱之起身。映雪甚覺羞慚，起整裙帶，背燈而坐，生愧且謝曰：「小生酒後情狂，觸犯小姐，萬望恕罪。」映雪曰：「蒙君轉意見容，使妾得保此全軀，以奉君子，誠妾之幸也。」（《螢窗清玩．碧玉簫》）

清代佚名《螢窗清玩》四卷，依次為第一卷《連理枝》，第二卷《玉管筆》，第三卷《遊春夢》，第四卷《碧玉簫》，基本上都是涉及色慾的才子佳人小說，且介乎文言白話之間，體制則如擬話本，故前面說它「非驢非馬」。《碧玉簫》所寫書生李景三，小姐梅映雪，後終成佳偶，但在戀愛過程中卻有這一番佳人「抗」才子之「暴」的描寫。然而，十分糟糕的則在於這段描寫除了梅映雪小姐「放手不動，任生所為」的特殊動作是從任氏的「乃縱體不復拒抗」學習過來之外，其他的，尤其是那以「理中理」曉喻多情郎的言論卻多半來自王翠翹。

有情無情均抗暴，這本身值得表彰。但關鍵在於，為什麼抗暴？卻立顯小說作者思想境界的高下。

古代小說對這一問題的描寫，基本上是一蟹不如一蟹。

但無論如何，在中國古代涉及男女關係的小說作品中，欲、情、理這三個東西可是永遠糾結在一起了。不僅如此，今後恐怕也還得糾結下去。

唯願不要出現更不如的「蟹」！

來自宮中的淫穢奢侈車兒

在中國古代窮奢極欲的帝王中間，隋煬帝算得出類拔萃。而在野史雜記、民間傳說中，關於這位荒唐天子的風流韻事亦可謂窮相極態。譬如說，從他宮中推出的車兒，就有淫穢奢侈至極者。

當然，這種記載也有一個漸進的過程。一開始，那些車兒並非以滿足淫慾為主要功能，而是以奢華舒適為主要目標。

> 帝離都旬日，幸宋何妥所進牛車。車前隻輪高廣，疏釘為刃，後隻輪庳下，以柔榆為之，使滑勁不滯，使牛御焉。自都抵汴郡，日進御車女。車幰垂鮫綃網，雜綴片玉鳴鈴，行搖玲瓏，以混車中笑語，冀左右不聞也。(《隋遺錄》卷上)

《隋遺錄》當屬野史雜記之類，亦有認定為唐人傳奇小說者。《中國文言小說總目提要》之《南部煙花錄》(《隋遺錄》《大業拾遺錄》)條謂：「唐代傳奇小說。舊題顏師古（581～645）撰。《郡齋讀書志》雜史類著錄《南部煙花錄》一卷，云：『唐顏師古撰。載隋煬帝時宮中秘事。僧志徹得之瓦官閣筍筆中。一名《大業拾遺記》。』書後無名氏跋所云與此略同，並謂其書原名《南部煙花錄》，為顏公遺稿，重編後名《大業拾遺記》。《宋史．藝文志》小說類著錄顏師古《隋遺錄》一卷，傳記類又有顏師古《大業拾遺》一卷，當為一書。」此書對於隋煬帝使用的這種特殊車兒的記載，後來又在通俗小說中得到響應：

> 打點完了，正要起身，忽有一人姓何名安，自製得一駕御女車，來獻與煬帝。那車兒中間寬闊，床帳衾枕，一一皆備，四圍卻用鮫綃，細細織成幃幔，外面窺裏面卻絲毫不見，裏面卻十分透亮，外

邊的山水草木，皆看得明明白白。又將許多金鈴玉片，散掛在幃幔中間，車行時，搖盪的鏗鏗鏘鏘，就如奏細樂一般。任車中百般笑語，外邊總聽不見。一路上要行幸宮女，俱可恣心而為，故叫做御女車。煬帝看了滿心歡喜道：「此車製得甚妙，途中不憂寂寞矣。」遂厚賞何安，辭別了蕭后與各院夫人，即日命車駕往江都進發。(《隋煬帝豔史》第十三回）

這裡有兩點值得注意：第一，為隋煬帝造此奇特車兒的人由何妥變成了何安，而「妥」與「安」形義皆近，估計不是形近相訛就是為了避諱。第二，這種車子的使用時間是在從京城向江都進發的路上。《隋煬帝豔史》是明代小說，這些描寫，代表了明代民間對這一問題的一種看法。但在稍後的「三言」中，對這一情況的描述又稍有變化：

是月，大夫何稠進御女車。車之制度絕小，只容一人，有機伏於其中。若御童女，則以機礙女之手足，女纖毫不能動。帝以處女試之，極喜。召何稠，謂之曰：「卿之巧思，一何神妙如此！」以千金贈之。稠又進轉關車，可以升樓閣，如行平地。車中御女，則自搖動。帝尤喜悅，謂稠曰：「此車何名？」稠曰：「臣任意造成，未有名也。願賜佳名。」帝曰：「卿任其巧意以成車，朕得之，任其意以自樂，可命名任意車也。」(《醒世恒言・隋煬帝逸遊召譴》)

這裡，將何安又改為何稠，而且又寫何稠不僅進了「御女車」，後來又進了「任意車」，這就將問題搞得更複雜了。而清代小說的說法又有不同：

一日王義朝罷歸家，對妻子姜氏道：「今早有一人，姓何名稠，自製得一駕御女車來獻，做得巧妙非常。」姜氏道：「何為御女車？」王義道：「那車兒中間寬闊，床帳枕衾一一皆備，四圍卻用鮫綃細細織成幃幔，外面窺裏面卻一毫不見，裏面十分透亮，外邊的山水，皆看得明白。又將許多金鈴玉片，散掛在幃幔中間，車行時搖動的鏗鏗鏘鏘，就如奏細樂一般。在車中百般笑語，外邊總聽不見。一路上要幸宮女，俱可恣心而為，故叫做御女車。」姜氏道：「這不過仿舊時逍遙車式，點綴得好，乃刀鋸之功，何足為奇。妾感皇恩厚深，時刻在念，意欲製一件東西去進獻，作料雖已構求，但還未備，故此尚未動手。」(《隋唐演義》第二十八回）

這裡，除了與「三言」一樣，將特殊車兒的製造者說成何稠以外，又增加了對

「御女車」原型的追究，原來是根據「逍遙車」改造的，但沒有涉及到「任意車」。其實，關於「任意車」的描寫另有來頭：

煬帝自得三千幼女，欲心愈蕩，便日日到各幽房去玩耍，快不可言。只恨這幽秘去處，都是逶逶迤迤，曲曲折折，穿花拂柳的徑路，或上或下，或高或低，乘不得車，坐不得輦，抬不得肩輿，都要自家走來走去。煬帝日夜遊幸，雖然快樂，也未免行走費力，然沒法奈何，也只得罷了。誰知名利之下，偏有許多逢迎獻媚之人。只因項升造迷樓，便做了美官，早又打動了一個人的利心。這人姓何名稠，原是獻御女車與煬帝的何安的兄弟。因打聽得煬帝宮中游幸，只是步行，他便弄聰明、逞奇巧，製了一個轉關車兒來獻。這車兒下面，用滾圓的輪子，左右暗藏消息，可以上，可以下，登樓轉閣都如平地一般，轉彎抹角一一皆如人意，毫無滯澀之弊。又不甚大，一人坐在上面，緊緊簇簇，外邊的輪軌，一些也不招風惹草。又極輕便，只消一個人推了，便可到處去遊幸。又製得精工富麗，都用金玉珠翠綴飾在上面，其實是一件鬼斧神斤的妙物。(《隋煬帝豔史》第三十回)

在這兒，「任意車」又被叫作「轉關車」，其實，按照《醒世恒言》中的說法，「任意車」就是「轉關車」，其目的，都是為了隋煬帝「御女」的方便。但又一個問題仍需解決，隋煬帝為什麼喜歡在車兒中「御女」，原來卻是被一個「侍兒」給慣壞的。

侍兒韓俊娥尤得帝意，每寢必召，令振聳支節，然後成寢，別賜名為「來夢兒。」蕭妃嘗密訊俊娥曰：「帝常不舒，汝能安之，豈有他媚？」俊娥畏威，進言：「妾從帝自都城來，見帝常在何妥車。車行高下不等，女態自搖。帝就搖怡悅。妾今幸承皇后恩德，侍寢帳下，私效車中之態以安帝耳，非他媚也。」他日，蕭后誣罪去之，帝不能止。(《隋遺錄》卷下)

至此，與隋煬帝相關的各種淫穢奢侈的車兒之間的關係我們就大體上弄清楚了。這裡有牛車、御女車、轉關車、任意車、逍遙車等多種說法，但無非是兩大功能，一是方便在車中「御女」，一是方便乘車到迷樓去「御女」。然而，還有一個問題卻越搞越糊塗：何妥、何安、何稠究竟是何種關係？他們真的做了這些淫穢奢侈的車兒嗎？

查史籍，隋代並沒有一個叫作何安的名人，而只有何妥與何稠，而且，何妥何稠並非兄弟關係，而是叔侄關係：「何稠，字桂林，國子監祭酒妥之兄子也。」（《隋書》卷六十八）何妥是隋代知名度頗高的大臣，國子監祭酒是很清要的高官，他也沒有給隋煬帝做過什麼淫穢奢侈的車兒。何稠呢？那可就難說了。因為他本是一位技術極高的能工巧匠，不過他沒有生活在民間，而是在隋煬帝身邊當官，這就使得他的聰明才智只能為皇帝那點荒淫無恥的事兒服務。史書中雖然沒有明確記載他給隋煬帝造過什麼「御女車」之類的淫巧之物，但他的的確確又是這位荒淫天子身邊的「太府少卿」，其工作職責就是為皇帝製造「輿服羽儀」。尤其是在隋煬帝欲幸江都的前夕，何稠先生是接了全國第一大單「業務」的，那可真像《紅樓夢》中所說的那樣：「把銀子都花的淌海水似的！」（第十六回）且看史書的記載：

> 大業初，煬帝將幸揚州，謂稠曰：「今天下大定，朕承洪業，服章文物，闕略猶多。卿可討閱圖籍，營造輿服羽儀，送至江都也。」其日，拜太府少卿。稠於是營黃麾三萬六千人仗，及車輿輦輅、皇后鹵簿、百官儀服，依期而就，送於江都。所役工十萬餘人，用金銀錢物巨億計。帝使兵部侍郎明雅、選部郎薛邁等勾核之，數年方竟，毫釐無舛。稠參會今古，多所改創。（《隋書》卷六十八）

這段記載中雖然沒有明說何稠給隋煬帝製造了「御女車」什麼的，但那「參會今古，多所改創」的「車輿輦輅」中未必就不包含一些個淫穢奢侈的「愛物兒」。當隋煬帝這樣的荒淫天子和何稠這樣的能工巧匠攜起手來的時候，製造出這種奇巧淫器當屬再自然不過的事。

然而，更令人瞠目結舌的是，歷史上玩這種奇淫之器的並非只是那些「臭男人」，居然還有極少數淫蕩不堪的女子。在清代一部章回小說作品中，就記載了正史中輕易不載的一幕：

> 梅影道：「這車的工夫實在精巧。」瑤華遂道：「在家中乘坐的車，何用這樣精巧？」張家的道：「婢子要稟明白，不知公主許可麼？」瑤華道：「路上無人聽見，你只管說。張家的道：「這個車原是男人御女的如意車。後來，舊主自御，改名叫好春消息車。」梅影道：「你說的我們都不懂？」張家的道：「說原不懂，要做出勢來就懂了。」瑤華道：「如何做法？」張家的道：「要請公主下車，待

婢子坐上，做出便見。」他兩一齊走出，這張家的坐上，黃家的推動，把機關一按，只見那些小橫檔，自自然然攔的攔，勾的勾，把那張家的身子推倒，手也勾住，腳又架起，不能動彈。張家的道：「這麼一個架子，可是任憑男人戲弄，沒有遮攔掩護的工夫了。所以叫做如意車。」瑤華看了道：「好心思為什麼不放在正經應用的傢伙上？」梅影道：「你再做那好春消息的架子看。」張家的遂叫黃家的將機關扭轉，然後坐將起來。復令將別的機關又扭將轉來，那兩塊擱手板都下去了。張家的坐在板上，後臀落空，指著車墊之下道：「這裡睡一男子，男女兩竅正好湊著，再將車子推到那鵝卵石砌的小路上，往來其間，不費氣力，自然動搖，豈非至樂？」(《瑤華傳》第十八回)

按書中所寫，這位瑤華公主乃是明代萬曆年間福王的女兒，後來被皇帝認作公主，她帶著一幫人在一個「庭院深深深幾許」的隱秘處看到了一個隱秘的車兒。那簡直就是「御女車」的升級版，就連那名字也叫得響亮：「好春消息車」。不過，這裡的「消息」，並不是今之所謂「信息」的意思，而是「機括」的意思。更令人難以想像的是，這個車兒卻是女人用的，「這個車原是男人御女的如意車，後來，舊主自御」。那麼，這個淫蕩不堪的「舊主」是誰呢？原來是大名鼎鼎的客印月，明熹宗的保姆，宮中稱之為「客巴巴」者。明清小說對她多有描寫，如《檮杌閒評》寫道：「客巴巴勢傾朝野，人都來鑽他的門路。」（第四十三回）對於這樣一個又淫又毒的女人，就連那位瑤華公主都覺得她的所作所為又可氣又可笑。且看這段對話：「瑤華道：『那個叫做什麼老祖太太千歲？』老婦道：『就是這裡的舊房主。』梅影道：『你就說是客氏罷了。』瑤華道：『他不過先皇的一個乳母，那有這樣大的稱呼？這也可笑，』」(《瑤華傳》第十八回)

無論是隋煬帝還是客巴巴，都已經成為歷史的灰塵。但是，他們所愛戀過的那些淫穢奢侈的車兒，卻再一次證明了一個顛撲不破的真理：

「憂勞可以興國，逸豫可以亡身，自然之理也。」(《五代史・伶官傳》)

舌吐丁香為底忙？

何以謂之「丁香」？據工具書的解釋，至少有以下幾種含義：第一，指一種常綠喬木，又名雞舌香，丁子香。第二，指一種落葉灌木或小喬木以及這種植物的花。第三，借喻女人的舌頭。第四，指丁香花狀的耳飾。第五，指丁香花狀的紐扣。當然，還有一種含義，工具書中未曾涉及，那就是指女性的純潔。在湯顯祖筆下，女主人公對心上人有這樣的表白：「俺丁丁列列，吐出在丁香舌。你拆了俺丁香結，須粉碎俺丁香節。」（《牡丹亭》第三十二齣）

杜麗娘的唱詞，一口氣使用了「丁香」的三層意蘊：女孩的舌頭，丁香花般的紐扣，女性的純潔。在中國古代文學作品中，「丁香」的各層含義都得到了廣泛的運用，但本文所涉及的主要是杜麗娘的第一個用法：丁香舌。這在古典詩詞中也經常使用，如千古風流的李後主就有這樣的佳作：「曉妝初過，沈檀輕注些兒個，向人微露丁香顆。一曲清歌，暫引櫻桃破。」（《一斛珠》）這裡的「丁香」，指的就是女性的舌頭，但僅僅是歌女在演唱時的情狀，妖而不豔。這種描寫，到了秦觀筆下，可就豔麗多了：「丁香笑吐嬌無限，語軟聲低，道我何曾慣。雲雨未諧，早被東風吹散。」（《河傳二首》其二）

淮海居士長短句中的女子，已不是向人展現歌喉身段的歌兒舞女，而是情意切切與男子高唐巫山相會的多情女子了。而她的丁香，則指的是與如意郎君接吻時充當前驅的心靈箭頭——如花妙舌。因此，「丁香」但凡與「吐」聯繫在一起，就有了非常特殊的含義，專指男女交合時女方送過去的妙舌。且看一些戲曲作品那動人心旌的描寫：

鶯鶯何曾改，怪嬌癡似要人潤縱，丁香笑吐舌尖兒送。撒然驚覺，衾枕俱空。（《西廂記諸宮調》卷五）

煞是你個冤家勞合重。今夜裏效鸞鳳。多情可意種。緊把纖腰貼酥胸。正是兩情濃，笑吟吟舌吐丁香送。（商挺【雙調】潘妃曲）

腰肢困擺垂楊軟。舌尖笑吐丁香喘。繡帳裏無人，並枕低言。（關漢卿【雙調】新水令）

你愛他眼弄秋波色，眉分青黛蛾。怎知道誤功名是那額點芙蓉朵，陷家緣唇注櫻桃顆，啜人魂舌吐丁香唾。（《貨郎擔》第一折）

由此看來，舌吐丁香，是男女交合時不可或缺的節目，是兩性交歡時推向高潮的催化劑。如果說，在有情人看來，眼睛是心靈的窗戶的話，那麼，唇舌就是心靈的門戶。舌吐丁香，就是門戶洞開的前兆。不僅戲曲作品中如此描寫，在中國古代小說中這樣的描寫更多：「玉體著郎懷。舌送丁香口便開。倒鳳顛鸞雲雨罷，囑多才。芳魂不覺繞陽臺。」（《清平山堂話本．戒指兒記》）「忒殺太顛狂，口口聲聲叫我郎。舌送丁香嬌欲滴，初嘗。非蜜非糖滋味長。」（《熊龍峰刊行小說四種．張生彩鸞燈傳》）「被西門慶走向前，雙關抱住，按在湖山畔，就口吐丁香，舌融甜唾，戲謔做一處。」（《金瓶梅》第十一回）「這婦人見他設咒，連忙捧過周得臉來，舌送丁香，放在他口裏。」（《喻世明言．任孝子烈性為神》）「交頸鴛鴦戲水，並頭鸞鳳穿花。軟溫溫楊柳腰揉，甜津津丁香舌吐。」（《檮杌閒評》第三回）「錦帳香篝頻入夢，枕屏衾鐵可憐宵。丁香舌底含紅豆，子夜心頭剝綠蕉。」（《花月痕》第二十五回）

其實，諸如此類的描寫應該說是不勝枚舉的。這裡，僅僅是聊舉數例而已。但僅從上述數例之中，我們也可以看到這種描寫的豐富多彩。其間，有的是散文，有的是韻文；有的是敘事過程中間，有的是停下筆來做靜止描寫；有的是章回小說，有的是小說話本和擬話本。更有甚者，舌吐丁香的雙方，有的是夫妻，有的是情人，有的是縱慾，有的是偷情，還有的甚至是想像中的情結。但無論是何種情狀、何種情節和情結，其實都是一種低層次的描寫，因為這些描寫所展示的統統都是人類的動物本能的一面，須知，靈長類動物或者某些非靈長類的哺乳動物，差不多都會這樣做，只不過人類用「舌吐丁香」這樣美麗的詞彙將自己的性生活進行了高雅包裝而已。從本質上講，並沒有什麼值得稱道的。

這真是一件大煞風景的事，原來這些癡男怨女忙忙碌碌地舌吐丁香只是動物本能動作的展示，那也太沒意思了，真正浪費了「美麗」。但是，話又說回來，那些美麗的字眼其實都是為最帶有生活底蘊的事物準備的，因此，這些舌吐丁香之類的描寫，還是讓它繼續「迷人」下去吧。

那麼，有沒有從形式到內容全方位「美麗」的舌吐丁香呢？當然有！請看寫情聖手蒲松齡筆下：

> 少間，晴霽，嬌娜已能自蘇。見生死於旁，大哭曰：「孔郎為我而死，我何生矣！」松娘亦出，共舁生歸。嬌娜使松娘捧其首；兄以金簪撥其齒；自乃撮其頤，以舌度紅丸入，又接吻而呵之。紅丸隨氣入喉，格格作響，移時，豁然而蘇。(《聊齋誌異．嬌娜》)

孔生雪笠與狐女嬌娜的關係頗為特殊，一開始，孔生追求的就是嬌娜，但因為種種原因，有情人未成眷屬，而孔生卻娶了嬌娜的表姐松娘為妻。這麼一來，孔生可就是嬌娜的表姐夫了。如果叫得親熱一點，那個「表」字是可以省略的，嬌娜徑直稱孔生「姐夫」可也。但在封建時代，姐夫和小姨子之間的關係是要萬分注意的，那可是男女授受不親最難防範的人際關係。後來，當孔生知道自己的岳家原來是狐狸家族以後，他不僅沒有因為他們是異類而厭棄、輕賤之，反而冒著生命危險幫助這個狐狸家族躲過了雷劫。尤其是對於嬌娜這個心中念念不忘的情妹妹，孔生是願意付出一切來呵護她的。果然，在這次雷劫過程中，孔生用自己的身體擋住了雷神，像一棵大樹一樣庇護著心目中的「妖精妹妹」(與《紅樓夢》中的「神仙姐姐」偶而相對為之)，並竭盡全力從雷神手中搶回了戀人，而自己卻被震死在地。上面所引那一段，就是嬌娜脫險以後救治情哥哥孔生的情景。因為嬌娜是狐狸家族的醫生，她以前曾經幫助孔生治過病的，故而，此次救護，非她莫屬！而且，她也願意拋棄一切來救得孔生的性命：「孔郎為我而死，我何生矣！」這是一種情感表白，也是一種責任誓言。以她的仙家妙用，她是可以救孔生的，那就是將其九轉還魂的紅丸置於孔生口中。但是，孔生當時昏迷不醒，怎樣才能吃進這顆仙丹呢？嬌娜只好叫她的表姐、亦即孔郎的妻子捧著腦袋，又由她的哥哥亦即孔郎的舅子撬開牙齒，但，紅丸還是進不去呀！這時候，勇敢的嬌娜做出了一個石破天驚的動作：「以舌度紅丸入，又接吻而呵之。」這樣才用紅丸救了孔生的性命！不！救孔生性命的不僅僅是紅丸，還有嬌娜的津唾、嬌娜的丁香、嬌娜的純正清潔而又熱烈奔放的靈臺之氣。須知，嬌娜不是孔生的妻子，怎麼能夠肌膚相親？怎麼能夠舌吐丁香？而且是當著姐夫的妻子——自己姐姐的面，是當著自己兄長的面！簡直太不可思議了！這一狐精是世界上最偉大的狐精，這一女子是世界上最偉大的女子，這一狐精女子舌吐丁香的動作是世界上最偉大的愛情動作！因為，她為了恩情、為了友情、為了愛情，總之是為了人世間最可寶貴的「人情」，把一切的世俗、世俗的一切統統踩在了腳下！

偉大的狐女！蒲松齡塑造的不同凡響的狐女！中國文學史上空前的狐女！

令人欣慰的是，筆者在寫到上一句話的時候，僅僅用了「空前」二字，而沒有使用與之相聯繫的「絕後」二字。因為中國文學史絕不讓蒲松齡孤獨，中國小說史也絕不讓聊齋先生絕後。在嬌娜之後，這種極高層次的「舌吐丁香」的行為雖然說不上萬紫千紅，但至少也是綿延不斷。事不過三，讓我們再看兩例：

> 向東走不多遠，就看見李盡忠的屍身橫躺在王秉善的門首。素真仙子不顧泥濘，就地坐下，伸手把李盡忠之頭擱放在自己膝上，將那條繩子解將下來，遂將丹藥取將出來，暗想：「沒有湯水，怎能灌藥？這便怎處？」呆了半刻，想道：「也罷！不免用我口津以當湯水，送下丹藥，非口對口又不能送下去，我乃是女仙，怎肯與他對口？縱然是男女授受不親，若待去取湯水，又來不及。」左右躊躕。正遇雨後初晴，月色皎明，覷見李盡忠天庭滿，地閣圓，面如桃花，唇似丹朱，正是青春妙年，甚實可愛，不由的私情一動：「我與他亦有凡緣，將他救活，領上山去，以了凡緣。」想罷，只得把丹藥含在自己口中，把李盡忠的頭扳將起來，嘴對嘴兒，輕吐舌尖，將丹藥送在李盡忠的腹內去了。停不多時，忽聞李盡忠腹內動轉，九宮七竅十二重樓咕嚕嚕響了一陣，清氣上升，濁氣下降，口中呻吟。素真仙子低聲呼喚：「公子蘇省。」（《于公案》第四回）

> 咒畢，其活尾自上躍，刺化醇鼻，出黑血如注。化醇始呼痛稍蘇。獚兒曰：「副參之魂，已返其半，再以天女活謝娘之涎香治之，即如常也。」木蘭頗羞澀。鬘兒跪請之。攜手入靜處，吐以納之腹，令其轉吐納焉。化醇咯出兩死蠍，遂起，謝總帥及木蘭。（《蟫史》卷之十）

素真仙子其實是一個熊精，木蘭卻是一個半人半仙的角色。這樣兩位女子，與嬌娜可謂跨時代的鼎足而三。但《聊齋誌異》是文言短篇小說，而《蟫史》卻是文言長篇小說，《于公案》呢？在中國古代小說史上，至少有兩部同名的章回小說作品：六回本和十回本，以上所引的故事屬於十回本的《于公案》。文體的不同決定了描寫方法的不同，《于公案》的描寫明顯模仿《聊齋誌異》，但卻比《聊齋》更為細膩，尤其是寫素真仙子的心理活動，極有層次感，兼之「雨後初晴，月色皎明」的背景烘托，加上生命垂危男兒「面如桃花，唇似丹朱」特寫鏡頭，使得熊仙的表現更有些如詩如畫的韻味。《蟫史》雖然與《聊齋》一樣，同為文言小說，而且同樣是神異類的文言小說，但卻遠沒有《聊齋誌異》那樣明麗自然。《蟫史》是以隱晦曲折而著名的，其間的意象，只有通俗小說中的《西遊補》之類堪與伯仲。因此，它在描寫木蘭的舉止行為時，筆調非常簡練，用意非常婉曲，甚至連「舌吐丁香」的鏡頭都沒有明確出現，甚至連木蘭的唾沫是由鬟兒轉交還是木蘭親自丁香傳送亦未可知。玩其文意，似乎是鬟兒「轉吐丁香」的。但無論如何，木蘭的「心意」還是咳唾成珠地進入了化醇的心底，這在封建時代仍然是超乎尋常的，如若不然，木蘭何以要「頗羞澀」呢？

總而言之，《聊齋誌異》《于公案》《蟫史》中的這三段描寫，雖然也涉及「舌吐丁香」的問題，但卻實實在在與前面所引那更多的舌吐丁香是大不相同的，尤其是其間的文化含蘊大相徑庭。

舌吐丁香為底忙？

為了愛欲的宣洩？為了情感的張揚？為了人性的證明？

全都是！

裂繒與砸碗

過分寵愛女人，是許多有錢有勢者的臭毛病；過分溺愛子女，則是更多愚昧父母的一片癡心。從古到今，這不良風氣綿延不絕。其實，這兩種行為對社會、尤其是對人們的日常生活所產生的影響多半是負面的，有的甚至產生嚴重的後果，大至亡國，小至破家。

或許有人認為，情況沒有這麼嚴重吧。是的，通常情況下，當然不會產生亡國的危險，但破家則是極有可能的，因為那些被寵壞的孩子長大以後幾乎全都是敗家子。

我們有很多家長從理論上都明白這一點，但一涉及日常生活實際，又不知不覺在錯誤的道路上越走越遠，直到孩子出了問題，才覺得悔之晚矣！其實，不僅現在越來越多的人認識到這一問題的嚴重性，在中國古代小說中也早有這種揭露、諷刺、鞭撻過分寵愛女人和孩子的不良風氣的精彩片斷。

古代中國最有資格寵愛女人的男人毫無疑問是君王，因為他們有後宮佳麗三千人呀，完全可以選擇性地「寵愛」。如漢武帝、漢成帝、唐玄宗、明武宗等等，都有很多寵愛女人的風流韻事。但若論過分寵愛女人的冠軍，還得首推周幽王。因為他寵女人真正將國家給「寵」亡了。馮夢龍對此有精彩描寫：

> 褒妃雖篡位正宮，有專席之寵，從未開顏一笑。幽王欲取其歡，召樂工鳴鐘擊鼓，品竹彈絲，宮人歌舞進觴，褒妃全無悅色。幽王問曰：「愛卿惡聞音樂，所好何事？」褒妃曰：「妾無好也。曾記昔日手裂綵繒，其聲爽然可聽。」幽王曰：「既喜聞裂繒之聲，何不早言？」即命司庫日進綵繒百匹，使宮娥有力者裂之，以悅褒妃。可

怪褒妃雖好裂繒，依舊不見笑臉。幽王問曰：「卿何故不笑？」褒妃答曰：「妾生平不笑。」幽王曰：「朕必欲卿一開笑口。」遂出令「不拘宮內宮外，有能致褒后一笑者，賞賜千金。」虢石父獻計曰：「先王昔年因西戎強盛，恐彼入寇，乃於驪山之下，置煙墩二十餘所，又置大鼓數十架。但有賊寇，放起狼煙，直衝霄漢，附近諸侯發兵有救，又鳴起大鼓，催趲前來。今數年以來，天下太平，烽火皆熄。吾王若要王后起齒，必須同后遊玩驪山，夜舉烽煙，諸侯援兵必至，至而無寇，王后必笑無疑矣。」幽王曰：「此計甚善！」（《東周列國志》第二回）

為了博得妃子一笑，居然撕裂大量綵繒，無奈褒姒仍然不笑，糊塗透頂的周幽王竟然接受並採納了虢石父的餿主意，動用了國家安全的命脈——烽火，以勤王的諸侯軍隊鬧哄哄的局面來博得妃子金貴的笑容。結果，妃子倒是笑了，而國家也就此而亡了。因為下一次敵人真正到來的時候，周幽王就是點盡了烽煙，那曾經受過戲弄的諸侯卻再也不會派來一兵一卒了。周幽王落得個國破人亡的結局，褒姒也被敵人擄掠去塞外，不知是哭還是笑。最終，長城內外空留下兩個典故：「千金買笑」、「烽火戲諸侯」。

歷史上學習周幽王最到位的大概要算唐明皇了，因為他的貴妃楊玉環喜歡吃荔枝，那位風流天子就從數千里外為其專運。故而，晚唐杜牧有詩云：「長安回望繡成堆，山頂千門次第開。一騎紅塵妃子笑，無人知道荔枝來。」（《過華清宮絕句三首》其一）宋人蔡正孫《詩林廣記》引《天寶遺事》云：「貴妃嗜荔枝，當時涪州致貢，以馬遞馳載，七月七日夜至京。人馬多斃於路，百姓苦之。」而宋代樂史的記載卻微有不同：「妃子既生於蜀，嗜荔枝。南海荔枝勝於蜀者，故每歲馳驛以進。然方暑熱而熟，經宿則無味。後人不能知也。」（《楊太真外傳》卷下）涪州也罷，南海也罷，總之是為了寵妃的一點口腹之欲而勞民傷財，弄得民怨沸騰，差一點將大唐江山拱手送給安祿山，而唐明皇自己也結結實實做了一個「準」亡國之君。對此，通俗小說也有描寫：「楊妃是蜀人，愛吃荔枝，海南的荔枝，勝於蜀種，必欲生致之。乃置驛傳，不憚數千里之遠，飛馳以進。」（《隋唐演義》第八十一回）此處，基本上抄的是《楊太真外傳》。

然而，《隋唐演義》之寫唐明皇寵楊玉環於荔枝和周幽王寵褒姒於裂繒還是有很大不同的。荔枝畢竟是供應給楊玉環吃的，雖然來得奢華，畢竟沒有浪費。儘管楊玉環吃多了含糖量過高的食物，長得有點兒與「燕瘦」相反的「環肥」，稍稍有損形象，但無大礙，只要唐明皇眼中出西施就行了。但是，周幽王寵褒姒的裂繒可就屬於暴殄天物了，那麼高質量而又漂亮的綵繒，你要撕裂它做什麼？就為了聽那點兒聲音，竟然每天撕裂一百匹綵繒，這要給天下無衣穿的貧民擋風遮羞該多麼好呀？就算你奢靡，拿來妝點宮殿床席什麼的，也算是物盡其用吧？就這樣撕了，裂了，這其實撕裂的是人心，撕裂的是良知，撕裂的是做人的根本。真希望這樣的混帳事在中國歷史上不要再出現，在中國小說史上也不要再出現！

可惜的是，周幽王討好褒姒的暴殄天物的行為還是再出現了。歷史上有沒有？筆者不知道，因為筆者不是研究歷史的，但在中國小說史上卻的的確確重演了一遍。不過，這一次有三個不同點：其一，寵人的不是君王而是父母；其二，被寵的不是妃子而是兒子；其三，這一次不玩裂繒了，玩砸碗！真是換湯不換藥的花樣翻新哪！且看這段妙文：

> 從來說的，小孩子的脾氣，是沒有好的，再不可慣他，越慣就越壞，只要給他三分顏色，他就開染坊了。趙澤長打五十一歲上生了這個兒子，就像得了一個寶貝，輕易兒不肯吹他一口大氣，奶奶是更不容說了。幸喜一向並無疾病，趙澤長便格外相信周先生的話，又連那做大官、發大財、光宗耀祖的話，句句都印在腦筋裏，一刻也不得忘記。無奈桂森更有一個頂壞的脾氣，是喜歡跌碗，聽他的破碎聲音。起先，原是吃粥的時候，發了脾氣，大哭大鬧，後來把碗砸了，桂森哭也止了，到呆呆的看了一回。從今以後，每逢吃東西，吃完了，就把碗就丟在地下，聽他響聲。弄過幾回，便時時刻刻要砸碗聽響聲，才能高興。要是不給他砸，他便躺在地下哭個不了。這個時候，要是大人捨得管教的，打上一頓，罵上幾句，也就沒事了。可是趙澤長夫婦過於溺愛，想著打個把碗算什麼事，也就聽憑他去取樂，不來理他。不到一年，趙家後院子裏瓦礫，早已堆積如山了。趙澤長因為家大業大，不必在這碗上打算盤，還當是小孩子沒有長性，過幾天自然忘了。那知道竟是天天如此，未免心裏有點不受用，只是還未出口。剛剛趙澤長書房裏有一個霽紅的花瓶，是祖上留傳的三百年的東西，雖然不大，卻也甚可寶貴。桂森嚷著要玩，抱他的人又不敢不給他。那曉得才到手裏，早已滑了

> 下來，跌在地下，已竟成了十幾塊了。桂森不覺的哈哈大笑，趙澤長在屋裏聽見，連忙走出一看，倒抽了一口冷氣。（《瞎騙奇聞》第三回）

這樣的兒子，這樣的父母，如此地暴殄天物，如此地蹂躪天良！結果呢？那被寵的兒郎毫無疑問成了敗家子，吃喝嫖賭、無所不為，直到將那個富貴人家敗得個光光，「這趙澤長一家，便從此煙消火滅了。」（《瞎騙奇聞》第八回）

讀了這樣幾個故事，如果誰還願意寵紅顏、寵兒女，並且寵到暴殄天物的地步，那你就等著「好結果」吧！

令人哭笑不得的等級與次序

中國是個等級森嚴的國家，中華民族是一個講秩序的民族，自從周代的統治者將商代的「神本位」改變為「人本位」以後，在敬鬼神而遠之的基礎上，以人與人之間血緣關係之遠近為標準的親疏等級和上下次序的觀念日益濃厚，乃至於成為制度，甚至發展到令人哭笑不得、難以接受的地步。

古典小說對此描寫多多，先舉一個小小的例證來說明「等級規則」：

> 大凡人家子弟進學之後，就要備贄儀相見學師。那贄儀多寡，卻有規則，分為五等。那五等，卻是：超戶、上戶、中戶、下戶、貧戶。那超上二戶，不消說要用幾十兩銀子，就是中下兩戶，也要費幾金。只有貧戶，不惟沒有使費，還要向庫上領著幾兩銀子，名為助貧。(《雲仙笑·拙書生禮斗登高第》)

你看，童生進學以後給學師送禮這麼一件小事，居然也給我們「學界」的祖先整出這麼多的道道。更何況進學以後，森嚴的等級階梯還得繼續往上爬哩！那麼，何以謂之「進學」，進了學以後還要怎麼繼續前進？我們不妨來看看明代的科舉等級。明代的科舉是包括「進學」在內的四級考試制度：院試、鄉試、會試、殿試。欲走科舉之路而尚未進學的讀書人被稱為「童生」，童生經過由知縣主持的「縣試」和由知府主持的「府試」合格後，方能參加院試。院試由各省的「學政」（大致相當於今天的省教育廳長）主持，合格者稱之為「進學」，取得生員（秀才）資格。成為秀才以後，還得參加由學政大人主持的兩次甄別考試——歲試和科試，兩次考試均按成績將考生分為六等，歲試中考得一、二等者參加科試，科試一、二等者，稱為「科舉生員」。「科舉生員」和具有國子監監生資格者方可參加高一級考試——鄉試。鄉試三年一次，每逢子、卯、午、酉年在北京、南京和各省省城舉行。各地錄取名額由朝廷決定，多少不等。取中者稱為「舉人」，各考區第一名稱「解元」。具有舉人資格者方能參加更高一級的考試——會試。會試在京城舉行，時間是鄉試次年，即每逢丑、辰、未、戌年，由禮部主持。會試取中者稱為「貢士」，第一名稱「會元」。錄取總數初無定額，成化以後，一般定為三百名。明代科舉的最高一級考試是殿試，又稱廷試，當年「貢士」全部參加。殿試由皇帝親自主持，另從進士出身的高級朝官中選取數人任「讀卷官」。殿試不存在錄取問題，主要任務是定名次，而且主要是決定前三名。殿試後出榜分為三甲：一甲賜進士及第三人，即狀元、榜眼、探花，合稱「三鼎甲」。二甲若干人，賜進士出身。三甲若干人，賜同進士出身，三甲所有人員總稱「進士」。

好了！中進士以後，讀書人總算熬穿了頭，終於可以做官了。然而，就在從「科場」到「官場」的轉折點上，令人哭笑不得的等級制又出來作祟了。按相關規定：「三鼎甲」照例直接授翰林院官職，二、三甲者可參加翰林院的庶吉士考試，即所謂「館選」。錄取者稱「庶吉士」，入翰林院學習，三年後補授官職，一般職位較高。其他的二三甲進士，均可授京官或地方官職。然而，就在這二三甲之間，有司在授官時居然還要予以區別。且看明代一篇擬話本小說對這一問題的描寫：

> 一行到了北京，果是徐主事出身吏員，這些官員輕他，道：「我們燈窗下不知吃了多少辛苦，中舉中進士。若是僥倖中在二甲，也得這個主事；殿了三甲，選了知縣推官，戰戰兢兢，要守這等六年，能得幾個吏部、兩衙門？十有八九得個部屬。還有悔氣，遇了跌磕降調，六年也還巴不來。怎他日逐在我們案前跑走驅役的，也來夾在我們隊裏？」（《型世言》第三十一回）

原來二甲的「進士出身」者，便可以當京官，用今天的話講，就是在中央各部委任職。而那些殿在三甲者呢，因為是「同進士出身」，多了一個「同」字，相當於今天的「同等學力」云云，就只能到天高皇帝遠的地方去做親民之官了。誰都知道，親民之官是最難做的。

到了官場之中，那種等級制更是森嚴得令人窒息。朝廷中的文官如此，戰場上的武將也不例外。對此，《三國志通俗演義》中有精彩描寫。十七鎮諸侯討伐董卓，華雄斬了諸侯陣營若干將領之後，關羽挺身而出，要去與華雄廝殺，此時卻發生了下面這一幕：

> 紹問何人，公孫瓚曰：「此劉玄德之弟關某也。」紹問見居何職。瓚曰：「跟隨劉玄德充馬弓手。」帳上袁術大喝曰：「汝欺吾眾諸侯無大將耶？量一弓手，安敢亂言，與我亂棒打出！」（卷之一《曹操起兵伐董卓》）

作為十七鎮諸侯的盟主袁紹，並不問關羽的本領，而只是問「見居何職」，當這些達官貴人問清關羽只不過是一名「馬弓手」（大致相當於今天縣長手下的騎兵營營長）之後，另一位諸侯袁術竟然對關羽進行了大聲呵斥，並要將關營長「亂棒打出」。當然，作為軍區司令員的袁術要將一位小小的營級幹部從聯軍司令部轟出是不需要任何理由的。但他卻偏偏要找一個理由，一個令人哭笑不得的理由：「汝欺吾眾諸侯無大將耶？量一弓手，安敢亂言。」明確表示他呵斥關羽的理由並非對方沒有殺敵的本領，而是這位壯士不夠說話的級別。然而，嚴酷的事實卻給了這位滿腦子等級觀念的袁術將軍一記響亮的耳光。職位低下而又本領高強的關二爺偏偏就「溫酒斬華雄」了，你待如何？殊不知這位袁大將軍的等級觀念是頑固不化的。接下來，關羽的兄弟張飛高聲大叫：「俺哥哥斬了華雄，不就這裡殺入關去，活拿董卓，更待何時！」（同上）袁術大怒，喝曰：「俺大臣尚自謙讓，量一潑縣令手下小卒，敢在此耀武揚威！都與趕出帳去！」（卷之一《虎牢關三戰呂布》）

這個袁術，其霸道專橫、無理取鬧、幼稚可笑的嘴臉真是令人「作三日惡」，然而，更可怕的卻是下面這個「無獨有偶」——在中國小說史上像袁術這樣小肚雞腸的「大人物」居然也有被複製的可能。請看：

> 胡宗憲問左右道：「此人胡為乎來？」桂芳忙起立打躬道：「此是總兵義子朱文煒，係本省虞城縣秀才。」宗憲大怒道：「我輩朝廷大臣，尚不敢輕出一語。他是何等之人，擅敢議及軍機重事，將恃汝義父總兵官，藐視國家無人物麼？」（《綠野仙蹤》第三十回）

這位兵部尚書兼河南軍門的胡宗憲大人與袁術實在是一丘之貉，他對敢於參贊軍機的秀才的叱責，也是以「朝廷大臣」藐視「虞城縣秀才」的居高臨下的口吻發出的。這就是一種等級觀念在中間作怪。

更有意味的是，這種等級觀念不僅表現在軍國大事或科考場中，就連小小的衣食住行在古代官場中都是等級森嚴的。其中，最有代表性的就是從隋代開始試行的「品色服」——官員等級與服色掛鉤。隋煬帝大業六年詔：「五品以上，通著紫袍。六品以下，兼用緋綠。」（《資治通鑒》卷一八一）唐代，

「品色服」正式形成制度，唐高宗時的規定最為完備。上元元年「敕文武官三品已上服紫，金玉帶。四品深緋，五品淺緋，並金帶。六品深綠，七品淺綠，並銀帶。八品深青，九品淺青，鍮石帶」。（《舊唐書・高宗紀》）

宋代官員「品色服」較唐代略為簡化：「宋因唐制，三品以上服紫，五品以上服朱，七品以上服綠，九品以上服青。……元豐元年，去青不用，階官至四品服紫，至六品服緋，皆象笏、佩魚，九品以上則服綠，笏以木。」（《宋史・輿服五》）南宋時，服色界限被衝越，百官公服盡著紫窄衫，無品秩之限。宋代又有借紫、借緋制度：「太宗太平興國二年，詔朝官出知節鎮及轉運使、副，衣緋、綠者並借紫。知防禦、團練、刺史州，衣綠者借緋，衣緋者借紫；其為通判、知軍監，止借緋。……中興，仍元豐之制。……或為通判者，許借緋；為知州、監司者，許借紫。」（同上）

這種「借紫」的做法，在中國古代小說中也有反映，如一篇描寫宋代官場生活的作品：

> 地方官在宮門外，叩頭覆命：「俞良秀才取到了。」上皇傳旨，教俞良借紫入內。俞良穿了紫衣軟帶，紗帽皂靴，到得金階之下，拜舞起居已畢。（《警世通言・俞仲舉題詩遇上皇》）

這位俞良秀才，碰到了太上皇，於是時來運轉，居然被允許「借紫」進入宮廷。這樣的作品，所反映的正是懷才不遇的讀書人希望一朝發跡變泰的庸俗心理。

說到庸俗心理，在古代小說中還有一類，那就是由等級觀念發展而來的秩序觀念，或者稱之為人際次序。我們的祖先是講次序的，人與人之間，走路、進餐、起居、排名，……但凡能夠體現人際等級的地方都講次序。這方面最突出的就是結拜兄弟時的次序，在古典小說中，比較規範的是《三國志通俗演義》中的描寫：

> 中平元年，涿郡招軍。此時玄德二十八歲。……其人曰：「吾姓張，名飛，字益德。」……其人言曰：「吾姓關，名羽，字長生，其後改為雲長。」……三人大喜，同到張飛莊上，共論天下大事。關、張年紀皆小如玄德，遂欲拜為兄。……誓畢，共拜玄德為兄，關某次之，張飛為弟。（卷之一《祭天地桃園結義》）

歷史上的劉備究竟生於何年？我們且先看其卒年和享年。據《三國志・蜀志・先主傳》記載，章武「三年……夏四月癸巳，先主殂於永安宮，時年六十三」。古人以虛歲紀年，劉備實際享年六十二歲。由章武三年（223）逆推六十二年，則劉備出生於東漢桓帝延熹四年（161）。小說中寫劉備中平元年（184）已經二十八歲，與歷史實際有誤差。因為中平元年逆推二十七年是永壽三年（157），這裡，小說作者讓劉備提前出生了四年。至於歷史上關羽、張飛二人的生年，則並沒有清楚的記載，故而無從判定劉關張三人之間年齡孰為大小。好在我們討論的只是小說，而小說中寫得清清楚楚，是以年齡為根據決定兄弟次序的。

相比較而言，《水滸傳》中的兄弟結義——梁山大聚義則由於人數太多，顯得很龐雜。粗粗一看，無法判斷其排列兄弟次序的標準。但作者很聰明，他將這種兄弟次序的排列說成是「天意」。且看這段神秘的描寫：

> 此時天眼已合，眾道士下壇來。宋江隨即叫人將鐵鍬鋤頭，掘開泥土，根尋火塊。那地下掘不到三尺深淺，只見一個石碣。正面兩側，各有天書文字。……宋江喚過聖手書生蕭讓，用黃紙謄寫。何道士乃言：「前面有天書三十六行，皆是天罡星。背後也有天書七十二行，皆是地煞星。下面注著眾義士的姓名。」（第七十一回）

這便是「梁山泊英雄排座次」。那麼，這種一百八人的大次序又以什麼為標準呢？首先是民間流傳水滸故事中的知名度，其次是江湖威望，最後是綜合素質。而這後面兩點，又是《水滸傳》以後許多英雄小說中寫英雄好漢結拜時所使用的標準。請看下面這部片斷：

> 王老虎提起大斧，當頭就剁。公子一錘削（梟）去，進步喝聲：「去罷！」早飛起左腳，一腿將王老虎打倒。三人來救時，被公子並了雙錘，一隻手拎起王老虎，向三人兵器上一還，道：「你們不服，我先摜死了他，再來擒你們。」三人見要摜死王老虎，唬得戰戰兢兢，一齊跪下，道：「我等投降，求壯士饒命。」正是：擒賊先提首，群凶自伏降。公子遂放了王老虎。當下四人一齊跪下，道：「願請壯士入山為主，我等甘心情願。」公子道：「不可！大丈夫當幹功名，封侯拜相，焉可在綠林中藏身。你們要幹功名，跟我出寨（塞），自有好處。」四人道：「願隨壯士。」公子大喜。當日金員外殺牛宰羊，大開筵宴，謝公子並請強徒。公子道：「既蒙四位不棄·須要同心合膽才好。」那四人道：「蒙壯士大恩，我們欲拜神立誓，拜壯士為兄，如何？」公子道：「論年紀，是我為弟。』四人道：「這個斷斷不敢，

總是少兄老弟便了。」公子大喜，當下拜了賓朋，對天立誓，歡呼暢飲，大醉方休。(《雲鍾雁三鬧太平莊全傳》第三十三回)

這裡所寫的「少兄老弟」，顯然不是以年齡排序的。仔細閱讀這段描寫，它以江湖威望和個人本領為衡定兄弟次序的標準。這種情況到了武俠小說，則更進一步發展為按照「武功」高低給兄弟排序。如《七劍十三俠》中寫道：「他們七個兄弟不以年紀論大小，都以道分次第。這飛雲子卻是老三。他的劍術非同小可。」(第八回) 此所謂「道」，即道術，在劍俠之中就是「劍術」。

武俠小說中以「江湖威望」或「武功境界」為標準而排列兄弟次序的做法，顯然不符合在中國封建時代占統治地位的儒家思想的要求，但至少代表了一種下層民眾的選擇。而這種結義兄弟的次序以什麼為標準的問題，到了明清最「通俗」的小說那兒，卻發生了足以讓孔老夫子氣得「發昏章第十一」的選擇——以金錢權利為標準。且看以下二例：

只見吳道官打點牲禮停當，來說道：「官人們燒紙罷。」一面取出疏紙來，說：「疏已寫了，只是那位居長？那位居次？排列了，好等小道書寫尊諱。」眾人一齊道：「這自然是西門大官人居長。」西門慶道：「這還是敘齒，應二哥大如我，是應二哥居長。」伯爵伸著舌頭道：「爺可不折殺小人罷了！如今年時，只好敘些財勢，那裡好敘齒？若敘齒，還有大如我的哩。」……西門慶再三謙讓，被花子虛、應伯爵一干人逼勒不過，只得做了大哥。第二便是應伯爵，第三謝希大，第四讓花子虛，有錢做了四哥。其餘挨次排列。(《金瓶梅》第一回)

童自大道：「要結拜弟兄，我做老三才來。不然我是不來的。」賈文物道：「先生何為出此言也？」童自大道：「若論起時勢來，公子勢利雙全，該做大哥。賈兄有勢，做二哥。我有利，做老三。這是從古來的一團大道理。」(《姑妄言》第九回)

在《金瓶梅》的世界裏，應伯爵等市井幫閒的觀念就是「如今年時，只好敘些財勢，那裡好敘齒？」《姑妄言》中土財主童自大的看法則在應伯爵們的基礎上百尺竿頭更進一步：「若論起時勢來，公子勢利雙全，該做大哥。賈兄有勢，做二哥。我有利，做老三。」有錢有勢的貴族公子宦萼當大哥，有勢者第二，有錢者第三。其中道理很簡單，世道艱難錢作馬，有錢使得萬年船，這是在人世間立足的根本，故而只能當老三。但如果能用金錢買到一部分權力，那當然就上了一層境界，因此可以當二哥。其最高境界則是勢利雙全，錢權兼具，那樣才能在社會中混得滋潤，才能在生活中游刃有餘。應伯爵、童自大們的說法雖然庸俗不堪，但卻未嘗不是生活的真諦，至少是這些俗氣薰天的市井小人的生存要訣。至於「敘齒」那一類文質彬彬的東西，卻早已被他們拋到了九霄雲外。

然而，曹去晶先生卻並沒有完全忘掉敘齒，他在《姑妄言》中寫到了另外一種令人觸目驚心而又不堪入目的「敘齒」。當十一個市井無賴撞破了楊大和水氏的姦情現場後，居然發生了以下怪事：

> 楊大向水氏耳邊悄語道：「這事不得開交，不給他們弄一下子，人多勢眾，弄出事來，就大丟醜了。說不得，你給他們了了心願罷。」水氏到了此時，也無可奈何了，也悄悄的道：「這麼些人大睜著眼睛看著，怎麼好做得？」楊大道：「這容易。」向眾人道：「列位弟兄聽我句話，卜奶奶見眾位在這裡，大約也辭不得了。但列位都請到天井裏站站，一位一位的輪著進來。不然都在這裡，不但他婦道家不好意思，就是列位心裏也過不去。」眾人道：「這使得，我們出去。」一個道：「我們論年紀的次序罷，省得你爭我讓，我們都是序過的。」指著一個年長的道：「哥，你就請先上。」眾人說著，就出去了。(《姑妄言》第十二回)

輪姦婦女，竟然敘齒定次序！敘齒，居然墮落到這種地步！如果一貫講究「孝悌也者，其為仁之本與」(《論語・學而》) 和「兄則友，弟則恭，長幼序，友與朋」(《三字經》) 的孔老夫子及其徒子徒孫們看到這樣的地方，那就不是「發昏章第十一」的問題，而是「是可忍也，孰不可忍也？」(《論語・八佾》)

但是，孔夫子有孔夫子的倫理綱常，無賴子有無賴子的無恥言論，他們大可不必相互指責、相互唾棄。而筆者，從這裡所看到的則是等級次序的頑固及其可笑。

唉，令人啼笑皆非的而又無可奈何的等級次序！

拿人打人·撕人兩半

人與人之間搏鬥的時候，往往會發生猝不及防的事。倉促之間，反應遲鈍的人總會吃虧，而反應敏捷之人就會占點便宜，甚至能變不利為有利。下面這位就是如此：

> 張三回頭看見，說聲「不好了」，把身子一閃，用手一掌把狗打歪過去，乘勢雙手將狗提起，一撕兩半，望只位爺面上摔來。那位爺說聲「不好」，身子一小，躲到裏面去了。（《善惡圖全傳》第二回）

匆忙之間，拿起狗當武器向著敵人打去，這也算急中生智吧。但這位張三爺表現的絕妙之處卻不僅僅在於此，而更在於他的力氣忒大，竟然在眨眼之間憑著爆發力將一隻狗撕為兩半，然後用狗當武器打擊敵人。這大概也要算十八般兵器之外的特殊武器了吧，可惜兵書中並沒有這一章。但正因為如此，才顯示出張三的特性，才顯示出小說的奇特性，也才顯示出作者的奇思妙想。

然而，這種奇思妙想並非《善惡圖全傳》作者的首創，早在章回小說開山之作中就有了這種構思，只不過那裡面的好漢當作武器揮舞的不是狗而是人，並且，也沒有撕做兩半：「典韋身無片甲，上下前後被數十槍，猶自大叫死戰。刀砍缺不堪用，韋棄刀，雙手挾著兩個軍迎之，擊死者八九人。群賊無有敢近寨門，遠遠以箭射之，箭如雨密。韋猶死拒寨門。」（《三國志通俗演義》卷之四《曹操興兵擊張繡》）典韋堪稱《三國》中第一勇士，就憑他身無片甲、赤手空拳與敵戰鬥就可以充分說明這一點，更何況他還揮動著兩個士兵的屍體，一連打死八九名敵人，這可真有點刑天舞干戚的氣概了。然而，中國古代小說史最大的一個特點就是，既有始作俑者，就一定會有青勝於藍。僅以「拿人打人」之描寫這一點而言，既有典韋苦戰於前，就一定會有某豪傑繼武其後。果然，在清代小說中就出現了這麼一位豪傑，而且，還是女性。

> 才到院前，只見眾豪奴一齊擁上，個個皆手執利刃，殺將上來。楚雲一見，哈哈大笑道：「你等越多越好，快上來，讓我殺個快活。」眾豪奴聽說，再一細看，原來楚雲兩手抓住劉彪，權當兵器來打人。眾豪奴都存了投鼠忌器的心，不敢上前爭鬥。（《三門街全傳》第四十四回）

其實，細心的讀者已經看出，典韋也罷，楚雲也罷，他們雖然將以狗打人寫成了拿人打人，似乎頗同於張三的特殊打法。但如果更細心琢磨一下便可發現，他們同於張三的僅僅是一半而已，張三特殊行為的另一半——將狗撕為兩半他們卻沒有體現。這大概是因為這兩部小說的作者大腦中血腥氣味比較少的緣故。

但是，在另外一些小說中，那些作者似乎覺得僅僅拿人打人已經不太過癮了，他們一定要讓書中的英雄好漢完成一個更為血腥的動作：撕人兩半！

筆者孤陋寡聞，只知道最喜歡這樣寫的小說有兩部：彈詞小說《七美圖》和章回小說《說唐全傳》。這兩部作品，都不止一次寫英雄好漢將人撕做兩半。

> 一把搭住潘彪，捉住兩腿，那婦人連忙的抓過一右腿，男的抓住左腿，兩下用力一撕，鮮血沙沙，當場分家。那夫妻各執半邊死屍在手，向眾人說道：「爾等還有那個不服。快快前來送死」那婦人說：「這會手中有死屍當兵器。要打就過來動手。」那些看的人，把真魂唬掉，尿屎直冒，只哭不笑，跑起來幻少。（《七美圖前集》第九回）

> 當時眾番軍拿刀動槍，一齊往上擁來，江鳳亭一見如此，料知光景不妙，當即大罵：「番狗，真乃是畜生之邦！毫不知仁義道德，自古云：『兩國相爭，不斬來使』，為何這樣無禮呢？」言罷，大施猛勇，使一個關公脫袍之法，把身軀一晃，兩膀一伸，打倒五七個番軍，就被他手幻眼快，將打倒之人抓起一個來，開兩下，執在手中，拿人打人。（《七美圖後集》第十回）

> 楊道源大怒，舉刀便砍。羅成掄槍攔開刀，喝聲：「過來罷！」一手勒住甲，提過馬來，放下銀槍，扯了雙腳，嘩啦一聲響，撕為兩半片，拋在地下，又殺過來。（《說唐全傳》第三十回）
>
> 元霸又是一錘，天錫虎口振開，回馬便走。元霸叫聲「那裡走！」一馬趕來，伸手照背心一提，提過馬來，往空中一拋，倒跌下馬來。元霸趕上按住腳，雙手一撕，分為兩開。（《說唐全傳》第四十一回）
>
> 钂未曾到，早被李元霸當的一錘，把成都的钂打在半邊，撲身上前，一把扯住成都的勒甲絛，叫聲：「過來罷！」提過馬來，望空一拋，倒跌下來。元霸趕上接住，將兩腳一撕，分為兩片。（《說唐全傳》第四十二回）
>
> 徐元朗道：「俺也是一家王子，汝也是一家王子，為何要俺跪獻起來？此言甚屬放肆，俺焉肯跪你！」元霸聽說，冷笑一聲，便說：「好一個不識時務的狗王！」就一把抓過來，提起兩腿，撕為兩片。（《說唐全傳》第四十二回）

二書雖然都寫英雄好漢將人撕成兩半，但仔細一看，二者之間還是有區別的。《七美圖》中的兩例，寫英雄人物將人撕成兩半，都是出於不得已。第一例中的張大德、劉嬋娟夫妻逃荒在外，街頭賣藝，不料遭到惡霸潘彪一而再再而三的欺侮。夫妻二人被逼到絕路，忍無可忍，才將潘彪撕為兩半。第二例中的江鳳亭作為使者出使番邦，卻不料險些當了砧板上的魚肉。故而，這位使節大人一怒之下，也是急中生智，抓起敵人撕為兩半，進而大打出手。從當時的具體環境而言，窮途夫妻也罷、臨危使節也罷，他們抓過敵人撕為兩半並作為武器進行自衛的行為應該說是一種急中生智的不得已。《說唐全傳》中的英雄們則不然，他們將人撕成兩半大都是一種主動的行為。羅成如此，李元霸更是這樣。尤其是李元霸，撕人似乎撕上癮了，在戰場上撕，在受降時居然也因一言不合，就將對方王族子弟撕為兩半。這樣的英雄人物雖然可以使人血管賁張，但讀過之後似乎總讓人感到太沒道理，當然，也就不太可愛。

然而，《說唐全傳》的作者可是傾心傾力歌頌李元霸的，這只要從他在戰場上撕人兩半的對象就可看出。按照書中所寫，以武藝高低給當時的天下三十六條好漢排序，前十名是：李元霸、宇文成都、裴元慶、雄闊海、伍雲召、伍天錫、羅成、楊林、魏文通、尚師徒。其中，被李元霸撕為兩半的宇文成都是第二條好漢，伍天錫是第六條好漢。這其實是一種襯托手法，連天下排名第二、第六的英雄好漢都被李元霸提過馬來撕為兩半了，這位李家王子還有敵手嗎？當然沒有！但是，這種極度誇張主要人物形象的方法其實並不是好方法。第一，它大為過分，不真實；第二，它太過血腥，不人道。就廣大讀者而言，他們最喜歡看的還是既真實而又不要太血腥的作品。

或許有人會說，我就喜歡看這種血腥的場面，那多刺激呀，像李元霸這種英雄人物就是夠味、夠勁。對於這樣的讀者，筆者只能說，你已經被帶有太多的原始嗜血動物本能的小說作者將心靈異化了，你卻尚在夢中說著夢話！

還有比這更厲害的，而且有些人也更喜愛。對此，筆者沒法置喙，因為拆穿了西洋鏡會影響某些人的生意經，而世界上一碰到「生意」二字，那可是惹不起的。

人際妙稱：趣味盎然的細微末節

小說創作離不開人物描寫，而每一個人物都不可能是離群索居的個體，人與人之間存在千絲萬縷的聯繫。既有聯繫，那麼，人際之間的稱謂就是一個必需而又敏感的問題。號稱禮儀之邦的古老中國，在人際稱謂方面有許許多多的規矩。姓、名、字、號、諡是正常的稱謂，還有綽號、戲稱、尊稱、貶稱乃至罵詈、諷刺性的稱謂和妄自尊大的自稱等等，層出不窮，花樣翻新，饒有意味。中國古代小說的許多作者，都非常重視這種人際稱謂中的描寫，尤其是那些趣味盎然的人際妙稱的描寫。

《紅樓夢》中有不少人際妙稱，賈寶玉堪稱創造這種妙稱的高手。譬如，他在侄兒媳婦秦可卿的房中進入夢鄉之後，碰到一位美麗的仙姑，這位怡紅公子對仙姑的稱呼是出人意料的俏皮：

> 寶玉見是一個仙姑，喜的忙來作揖問道：「神仙姐姐不知從那裡來，如今要往那裡去？也不知這是何處，望乞攜帶攜帶。」（第五回）

「神仙」後面綴以「姐姐」，或曰「姐姐」前面冠以「神仙」，這是多麼神聖而又親熱的稱謂。更有甚者，這種神聖和親熱疊加在一起，就形成了一種俏皮、賈寶玉式的充滿情慾意味的俏皮。殊不知，賈寶玉的這種俏皮的稱謂又被後面的一位公子學了過去，於萬般無奈之際去討好一個丫鬟：

> 春香說：「拿著一塊肥肉與你吃，你還嫌腥。你若不允，俺主婢不能救你，男女有嫌疑。」董良才聞言暗想：「是呀，若不允此親事，我命終須難保；不如暫且允下親事，逃出他府再作區處。」主意已定，遂口呼：「丫鬟姐姐，親事小生允下了。」（《蜜蜂計》第三回）

這裡的董良才公子，被別人軟禁起來。那家的小姐則希望藉此定下自己的終身，派春香來和如意郎君談判，並聲稱只有得到男孩的婚姻許諾以後才能救他出去。董良才萬般無奈，只好答應這門婚事。為了取得對方的好感，他尊稱春香為「丫鬟姐姐」。這種稱謂雖然也很新穎，也有一定的趣味性，但較之賈寶玉的「神仙姐姐」而言，總覺得差那麼一點味兒。何以致之？因為有世俗氣味，因為有實用功能，於是乎便有些俗氣，有些油滑。

無獨有偶，同樣是這位董良才先生，緊接著在逃難途中又碰到了一夥強盜。緊急之中，他故伎重演：「良才聞言，只嚇的面黃唇白，忙跪在地，口稱：『好漢哥哥，饒了我這苦命的董良才罷？』」（第四回）

稱丫鬟為「姐姐」，稱好漢為「哥哥」，董良才的隨機應變令人欽佩，這一點他比寶二爺可強多了。賈寶玉碰到一位性騷擾的成年女子——晴雯的嫂子，他便無所措手足，更不用說隨機應變、弄出一個出人意料的稱謂來。賈寶玉是比較適合在溫柔平和的環境中神思泉湧的，在面臨危險的時候他就江郎才盡、無所措手足了。賈寶玉與董良才的區別，就是一個不諳世事的大家公子與行走市廛的青年才俊之間的區別。進而言之，賈寶玉「神仙姐姐」的稱呼是發乎天然的，而董良才的「丫鬟姐姐」「好漢哥哥」，卻有明顯的斧鑿痕跡，這也就是《紅樓夢》與《蜜蜂計》不同的藝術層次的表現。由此亦可見得，古代小說作家在這樣的細微末節處也是狠下工夫的。

然而，「神仙姐姐」也罷，「丫鬟姐姐」也罷，這種稱謂趣味性的產生正在於它的不倫不類。在中國古代小說中，通過不倫不類的稱謂來達到一種諧趣效果，還有很多例證。譬如說，一個窮酸措大做了官，政治地位提高了，但經濟上還沒有來得及「發富」，還得依靠他那地位不高、但經濟卻很「活潑」的老丈人資助。於是，這位「高政治」「低經濟」的傢伙怎樣稱呼那位「低政治」「高經濟」的丈人呢？請看：「這惠大老爺的轎子出門之後，周敬修才敢走了進來，賈端甫卻也降階相迎，他向來是跟著似珍姑娘叫爹爹的，這回中了進士，卻在那爹爹上頭加了丈人兩個字，叫了一聲『丈人爹爹』。」（《宦海鍾》第三回）「丈人」與「爹爹」，真是奇妙的組合。俗話說，女婿半邊子，叫一聲「丈人」，可算百分之五十的爹爹，而將丈人與百分之百的爹爹混雜在一起，互相攀扯地叫開來，結果應該是百分之七十五的「爹爹」罷。這種奇妙的稱謂正表現了賈端甫對周敬修既不尊重（因為他是民我是官）又不得不表示一點尊重（因為他有錢我缺錢）的複雜微妙心理。

「丈人爹爹」乃是當了官的女婿稱呼布衣丈人的，那麼，邊上的人、尤其是手下的人怎樣稱呼長官的岳父呢？這一個嚴肅而又繁難的問題，對此，古代小說家們也是有所考慮的。且看另一位平民丈人朱老四的表現：

> 過了兩日，大兒子回來，朱老四問了他許多話，無非是姑爺幾時上的任？上任之後住的是甚麼？吃的是甚麼？一年有多少元寶進門？手底下管多少人？絮絮叨叨問個不了。朱福一一的說了，又告訴他父親說：「如今妹夫做了官，你老若是到衙門裏去，上下人等都得尊你為『外老太爺』。」朱老四到此方明白，女婿做官，丈人老太爺之上是要加一個「外」字的。（《中國現在記》第六回）

原來如此，在這些幽默的小說作家的教誨下，我們終於弄清楚了當了官的人稱岳父為「丈人爹爹」，屬下稱上司的岳父為「外老太爺」。這真是準確到了無懈可擊的地步，也詼諧到了無以復加的境地。那麼，還有一些官員的親屬該如何稱呼呢？譬如說「主公」的妹妹該稱什麼？這個問題的最佳答案是由羅貫中提供的，當劉備東吳招親，抱得美人歸時，不料多事的周郎派了多位將領沿途追趕。這一下，可惹惱了「鐵娘子」孫夫人：

> 孫夫人大怒曰：「周瑜賊匹夫欲造反耶？我東吳不曾虧負你！玄德乃大漢皇叔，是我丈夫，是汝主人之妹丈，千百年之至親，非是反國之臣。我已對母親、哥哥說知回荊州去，並不是私奔至此。今你兩個於山僻去處，引著軍馬攔截道路，意欲劫擄俺夫妻財物耶？」徐盛、丁奉喏喏連聲，口稱：「不敢。主姑息怒，這的不干我小將之事，乃是周都督的號令。」（《三國志通俗演義・諸葛亮二氣周瑜》）

原來，東吳所有臣民都應該稱主公孫權的妹妹為「主姑」。這真正是絕妙無倫！但絕妙乃事實，無倫卻未必。因為後面有人學習羅貫中也學到了青藍之勝的地步：

> 金姐、鳳英立而不跪，眼望知縣說道：「郭得平，你家官姑現有十大的冤枉，快與你家官姑捉拿兇惡霸道，與你家官姑報仇雪恨！」郭知縣問道：「你父官居何品？姓甚名誰？家住那裡？快快講來！」金姐、風英見問，回答道：「我們家住山東武定府陽信縣金家營村，我父金好善，皇上恩賜兩榜進士。」郭知縣聞言微微冷笑，將驚堂木一拍，一聲斷喝：「哇！好兩個無知的女子！你父就是兩榜

進士，你兩個就敢口稱官姑？大鬧公堂，目無法紀！」（《滿漢鬥》第四回）

金姐說：「我姐妹在良鄉縣拜劉同勳為乾老，乾老命我姐妹投三哥劉墉府鳴冤。」差人聞言，口稱：「官姑，我二人奉大人差遣前來。」低聲說道：「現在大人在大街等候回音，二位官姑隨我們去，只須這般如此如此這般，你的冤枉可報。」（《滿漢鬥》第五回）

金姐、鳳英在縣官面前自稱「官姑」，但她們的父親其實並無實職，只不過是因為樂善好施，被國家贈予「兩榜進士」的榮譽稱號而已。故而，這個「官姑」的稱謂便有點言過其實，故而遭到了真正的「官」的呵斥。然而，當這兩個女孩與劉羅鍋他爹劉同勳結拜為乾父女之後，她們可就是名副其實的「官姑」了，雖然還有點「乾」的味道，但是那不要緊，因為她們的大腿抱得粗呀！當朝大官的乾閨女哩！故而，公差們也只得巴結討好地稱她們為「官姑」。當然，與《三國》中的孫夫人相比，官姑到底比主姑還是低了一格，因為主姑乃主公的妹子，官姑只是大官的女兒。而且，這是雙重的降格，官員不及主公，乾女兒不及親妹子。因此，主姑用於高貴無比的孫夫人，官姑用於逐步升級的兩姐妹，都是恰到好處的。你看，古代小說作家在這些細微末節處用詞該有多麼精當！

然而，還有一種人際關係，相互間的稱謂頗為尷尬。在一夫多妻制的古代中國，妻妾之間如何稱呼？他人又如何並稱這些妻妾？這樣的難題似乎也難不住古代小說作家，慣常的處理方式是讓她們之間姐妹相稱，《金瓶梅》中就是這樣處理的。至於他人怎樣並稱這些妻妾，有一部小說做出了驚世駭俗的表述：

張樹東道：「臣所保奏之人，乃是打鬧武場，監禁天牢的陳漢文！他有七位夫人，稱為七美，皆屬英雄了得，我主亦所深知，如今何不就命七美妯娌，同破羅山上招安的那班英雄，通通帶去征興唐國。」（《七美圖後集》第七回）

將同一個人的妻妾稱之為妯娌，這真是對「妯娌」這個詞最大的挑戰和調笑。因為，妯娌原本是兄弟之間的妻子的統稱，而這裡卻將同一個人的妻妾稱之為妯娌，豈非讓陳漢文將軍自己與自己做了兄弟？這真是荒唐德可以。但荒唐歸荒唐，它卻有相當俏皮的一面。至少，它比妻妾之間稱呼姐妹要俏皮得多。

說到荒唐，其實上面所舉的那些例子都是一樣的，都不外乎是俏皮、精當、荒唐三者的結合，它所體現的僅僅是民眾的一種看法，是不登大雅之堂的。因此，當真正的文化層次較高的作者對這些作品進行改造時，是會斷然摒棄這些荒唐的精當之處的。例如，毛宗岡在評點並刪改《三國志通俗演義》時，就將上面所引那一段有關「主姑」的描寫改成了下面這個樣子：

孫夫人大怒曰：「周瑜逆賊！我東吳不曾虧負你！玄德乃大漢皇叔，是我丈夫。我已對母親、哥哥說知回荊州去。今你兩個於山腳去處，引著軍馬攔截道路，意欲劫掠我夫妻財物耶？」徐盛、丁奉喏喏連聲，口稱：「不敢。請夫人息怒。這不干我等之事，乃是周都督的將令。」（《三國演義》第五十五回）

這裡，雖然僅僅是「主姑」「夫人」一詞之別，所體現的卻是小說創作中「俗」與「雅」的分野，是民眾趣味與文人趣味的分野。那麼，有沒有將民眾趣味和文人趣味摻和得水乳交融的雅俗共賞的趣味呢？有沒有在人際稱謂的描寫方面既無懈可擊又趣味盎然的例證呢？當然有！還是先從《紅樓夢》說起，那裡面劉姥姥第一次見到賈母時的稱呼真是妙極了：

劉姥姥進去，只見滿屋裏珠圍翠繞，花枝招展，並不知都係何人。只見一張榻上歪著一位老婆婆，身後坐著一個紗羅裹的美人一般的一個丫鬟在那裡捶腿，鳳姐兒站著正說笑。劉姥姥便知是賈母了，忙上來陪著笑，道了萬福，口裏說：「請老壽星安。」（《紅樓夢》第三十九回）

此處，庚辰本有墨筆夾批云：「更妙！賈母之號何其多耶？在諸人口中，則曰老太太；在阿鳳口中，則曰老祖宗；在僧尼口中，則曰老菩薩；在劉姥姥口中，則曰老壽星。」接下來，書中寫道：「賈母道：『老親家，你今年多大年紀了？』」此處，庚辰本又有墨筆夾批云：「神妙之極！看官至此，必愁賈母以何相稱，誰知公然曰『老親家』。何等現成，何等大方，何等有情理！」

是呀，這樣的稱呼何等現成，何等大方，何等有情理！實際上，還可以加上何等親切，何等恰切，何等確切！當然，也有的作品在表現這種雅俗共賞的稱謂的準確性的同時，還注意到了它的幽默趣味。請看以下二例：

和尚扛起韋馱像一同走，說：「劉道爺貴姓？」老道說：「你叫我劉道爺，又問我貴姓。你是個瘋和尚。」濟公哈哈大笑。（《濟公全傳》第五回）

咬金笑道：「我的令堂，不須著惱，有大生意到了，還問起柴爬做甚？」母親道：「你是醉了的人，都是酒在那裡講話，我那裡信你！」（《隋史遺文》第二十七回）

第一例，濟公明明知道對方姓劉，卻問「劉道爺貴姓？」結果，被劉道爺道破，僧道二人哈哈大笑，整個環境氣氛便輕鬆起來，而讀者，也從這種調笑之中得到了一份意想不到的愉悅。第二例，「令堂」本是對別人母親的尊稱，而程咬金卻對著自己的母親大喊「我的令堂」。更為有趣的是程母對兒子喝醉酒就胡說八道的行為早已習慣，於是一針見血地指出他是「酒在說話」。這樣的母子對話，簡直讓人忍俊不禁。讀者在進一步瞭解程咬金這一人物的同時，同樣也得到了一次輕鬆愉悅的享受。

以上所述，多半是對別人的稱謂，至於自稱，在中國民間卻有兩種截然相反的情況。某些文質彬彬的人，與別人對話時往往非常謹慎地使用「謙稱」，例如「在下」「鄙人」之類。但有些性格粗豪之人，卻喜歡妄自尊大，在稱謂上總想居於上風或占點便宜。例如很多人與別人對話時，會自覺不自覺地自稱「老子」「老爺」。這種情況在古典小說中也經常出現，越是帶有民間傳說意味的英雄人物，就越發喜歡用這種妄自尊大的稱謂。以孫悟空和黑旋風為例：

行者道：「是你也認不得你老外公哩！你老外公乃大唐上國駕前御弟三藏法師之徒弟，姓孫，名悟空行者。若問老孫的手段，說出來，教你魂飛魄散，死在眼前！」（《西遊記》第十七回）

李逵那裡忍得住，拍著雙斧，隔岸大罵道：「那鳥祝太公老賊！你出來，黑旋風爺爺在這裡！」（《水滸傳》第四十七回）

與之相反，古代小說中那些弱者或居於下風之人，在強者面前不得已只好尊稱對方為「爺爺」。下面這段孫悟空的自稱和對方的尊稱是很有意味的：

行者跳將出來，咄的一聲道：「是你孫外公撞了耍子的！」那些和尚一見了，唬得跌跌滾滾，都爬在地下道：「雷公爺爺！」（《西遊記》第十六回）

美猴王自稱「外公」，這是他的習慣，而那些平凡的和尚則在看到他的尊容以後都十分恐懼地稱他為「雷公爺爺」，這實在有點兒相映成趣。其實，在古代小說中經常被無可奈何的「別人」稱之為「爺爺」的絕非孫悟空一個，李逵也多次獲此殊榮：

李鬼慌忙叫道：「爺爺！殺我一個，便是殺我兩個！」李逵聽得，住了手問道：「怎的殺你一個便是殺你兩個？」(《水滸傳》第四十三回)

只見李逵從被窩裏鑽出頭來，小二哥見了吃一驚，叫聲：「阿也！這個是爭跤的爺爺了。」燕青道：「爭跤的不是他，他自病患在身。我便是徑來爭跤的。」(《水滸傳》第七十四回)

更為有趣的是，李逵習慣於別人叫他爺爺，這讓他的虛榮心得到了極端的滿足。但是每當他自己處於劣勢的時候，或者無可奈何的時候，他也會稱對方為「爺爺」的，而且，不管對方是人是物。例如，當神行太保戴宗用飛跑的甲馬戲弄李鐵牛的時候：

李逵不省得這法，只道和他走路一般。只聽耳朵邊風雨之聲，兩邊房屋樹木一似連排價倒了的，腳底下如雲催霧趲。李逵怕將起來。幾遍待要住腳，兩條腿那裡收拾得住。這腳卻似有人在下面推的相似，腳不點地，只管得走去了。看見酒肉飯店，又不能勾入去買吃。李逵只得叫：「爺爺，且住一住。」走的甚是神捷。……李逵道：「好哥哥，休使道兒耍我！砍了腿下來，你卻笑我！」戴宗道：「你敢是昨夜不依我，今日連我也走不得住。你自走去。」李逵叫道：「好爺爺，你饒我，住一住！」戴宗道：「我的這法，第一不許吃葷並吃牛肉。若還吃了一塊牛肉，只要走十萬里方才得住。」(《水滸傳》第五十三回)

這裡，李逵的第一聲「爺爺」，是自言自語，一定要找個對象的話，也就是甲馬這個東西。而下面的一聲「哥哥」和第二聲「爺爺」，喊的才是戴宗。更有意味的是，一會兒工夫，李鐵牛就變換了對戴宗的稱謂，並讓戴宗在輩分上連升兩級，而且還在「哥哥」和「爺爺」前面都加上一個響亮的「好」字，以體現黑旋風討好對方的力度。如此，則具有童心童趣的黑旋風躍然紙上，這是與那個殺人如麻的天殺星對立統一的另一面——喜劇因素。因為只有如此，才是完整的李逵。

綜上所述，我們讀《三國》《水滸》《西遊》《紅樓》這些名著，甚或那些並非名著的一般小說，不能僅僅著眼於某些著名的、精彩的片斷，而忽視這些對人物描寫入骨三分的細微末節處。因為在這些看似不經意的地方，往往深藏著豐富的藝術寶藏。

難看的吃相

食色性也，「吃」是人類的第一需求。但對於吃什麼，如何吃？長期以來卻形成了種種文化現象。尤其是中國人，更是強調「民以食為天」，而且，還有種種「舌尖」上的文化。其中，一個重要內容就是「吃相」。

吃相，顧名思義，就是吃東西時的樣子，包括狀貌、神態、語言、動作等等。中國人講究坐有坐相，站有站相，尤其是吃有吃相。當然，不同的時代，不同的社會階層，在吃相方面都有不同的要求。但無論是什麼時代、什麼人群，最基本的幾條卻毫無疑問是禮節底線：不能搶著吃，不能到別人碗裏撈食物，尊長未動筷子之前不能先吃，這些，應該是最起碼的吃相，或者，竟可以說是人類區別於野蠻動物的最根本的界限。違反了以上幾點，就會被認為是難看的吃相，就會被人取笑，被長輩指責，嚴重的，甚至會影響前途、地位。

作為反映社會生活最廣泛的藝術形式，小說免不了描寫吃飯，既描寫「吃」，有時就會寫到吃相。正常的吃相，小說家們往往一筆帶過，那實在沒什麼好寫。但如果是難看的吃相，作者們可就要忙碌一陣了。因為那是塑造人物的極好機會，甚至有的作家就是為了塑造某一人物而處心積慮寫其吃相的。

筆者孤陋寡聞，但也知道，中國古代小說中吃相最難看的應該是《水滸傳》中的李逵和《西遊記》中的豬八戒這兩位。先看黑旋風：

> 李逵也不使箸，便把手去碗裏撈起魚來，和骨頭都嚼吃了。宋江看見忍笑不住，再呷了兩口汁，便放下箸不吃了。戴宗道：「兄長，已定這魚醃了，不中仁兄吃。」宋江道：「便是不才酒後，只愛口鮮

魚湯吃。這個魚真是不甚好。」戴宗應道：「便是小弟也吃不得，是醃的不中吃。」李逵嚼了自碗裏魚，便道：「兩位哥哥都不吃，我替你們吃了。」便伸手去宋江碗裏撈將過來吃了，又去戴宗碗裏也撈過來吃了。滴滴點點，淋一桌子汁水。宋江見李逵把三碗魚湯和骨頭都嚼吃了，便叫酒保來分付道：「我這大哥，想是肚饑。你可去大塊肉切二斤來與他吃，少刻一發算錢還你。」酒保道：「小人這裡只賣羊肉，卻沒牛肉。要肥羊盡有。」李逵聽了，便把魚汁劈臉潑將去，淋那酒保一身。戴宗喝道：「你又做什麼？」李逵應道：「叵耐這廝無禮，欺負我只吃牛肉，不賣羊肉與我吃！」酒保道：「小人問一聲，也不多話！」宋江道：「你去只顧切來，我自還錢。」酒保忍氣吞聲，去切了二斤羊肉，做一盤將來，放在桌子上。李逵見了，也不謙讓，大把價撾來，只顧吃。撚指間把這二斤羊肉都吃了。（《水滸傳》第三十八回）

李逵吃相難看的最大特點是橫掃一切，他不僅吃了自己碗中的，還吃了兩位哥哥碗中的；不僅吃了三碗醃魚，還吃了兩斤羊肉。更有甚者，在兩次橫掃之間，還有一次向著酒保大打出手的不良表現。通過這樣的描寫，充分顯示了黑旋風的性格，似乎他連吃飯時所刮起的也是黑色的旋風。相比較而言，下面這位天蓬元帥投胎的豬先生的表現卻又是一番風味：

那呆子一則有些急吞，二來有些餓了，那裡等唐僧經完，拿過紅漆木碗來，把一碗白米飯，撲的丟下口去，就了了。旁邊小的道：「這位老爺忒沒算計，不籠饅頭，怎的把飯籠了，卻不污了衣服？」八戒笑道：「不曾籠，吃了。」小的道：「你不曾舉口，怎麼就吃了？」八戒道：「兒子們便說謊！分明吃了；不信，再吃與你看。」那小的們，又端了碗，盛一碗遞與八戒。呆子幌一幌，又丟下口去就了了。眾僮僕見了道：「爺爺呀！你是『磨磚砌的喉嚨，著實又光又溜！』」那唐僧一卷經還未完，他已五六碗過手了。然後卻才同舉筯，一齊吃齋。呆子不論米飯麵飯，果品閒食，只情一撈亂噇，口裏還嚷：「添飯！添飯！」（《西遊記》第四十七回）

相對於勇士李逵橫掃千軍的氣概而言，呆子八戒的特點是迅猛異常的速度，那簡直就是神速。任何食物到了他的面前，就相當於到了他的手中，到了他的手中就相當於到了他的口中，真正是「三點成一線」的高速運行，弄得別人目瞪口呆，甚至像觀看魔術表演一樣。李逵與八戒的吃相都很難看，但李逵給人的印象用一個褒義詞是豪爽，用一個貶義詞就是粗鹵；八戒呢？用一個褒義詞是快捷，用一個貶義詞就是毛糙。如果要上升到「理論」分析，則李逵難看的吃相主要體現在「空間」上的出格，而八戒難看的吃相則是在「時間」上超速。更有甚者，從本質上講，他們都違反了上面我們提到的吃相基本原則：李鐵牛到別人碗裏撈食物，而且是到哥哥碗裏、兩位哥哥的碗裏，而且其中有一位是剛剛見面的宋大哥碗裏；豬悟能呢？則是在尊長未動筷子之前就幹開了，而且是師傅正忙活的時候，而且是忙於佛門弟子最神聖的工作——念經的時候。因此，李逵和八戒難看的吃相，就有了非同尋常的文化意味。

但是，李逵也罷、老豬也罷，他們難看的吃相畢竟是「個體」行為，如果與下面的群體大動作相比較而言，那江湖和仙話中的英雄可就是小巫見大巫了。請看市井紅塵中的集體性難看的吃相：

> 安排停當，大盤小碗拿上來，眾人坐下，說了一聲「動箸吃」時，說時遲，那時快。但見：人人動嘴，個個低頭。遮天映日，猶如蝗蝻一齊來；擠眼掇肩，好似餓牢才打出。這個搶風膀臂，如經年未見酒和肴；那個連三筷子，成歲不逢筵與席。一個汗流滿面，卻似與雞骨禿有冤仇；一個油抹唇邊，把豬毛皮連唾咽。吃片時，杯盤狼藉；啖頃刻，箸子縱橫。這個稱為食王元帥，那個號作淨盤將軍。酒壺番曬又重斟，盤饌已無還去探。正是：珍羞百味片時休，果然都送入五臟廟。當下眾人吃得個淨光王佛。西門慶與桂姐吃不上兩鍾酒，揀了些菜蔬，又被這夥人吃去了。那日，把席上椅子坐折了兩張。(《金瓶梅》第十二回)

這是一次發生在妓院裏的飲食大掃蕩，被請的是暴發戶大老官西門大官人及其買了月票的妓女李桂姐，請客的是幫閒篾片大聯盟——應伯爵、謝希大、祝實念、孫寡嘴、常峙節之流，請客的理由是篾片們向大老官還東道。不料，這「東道」還到最後，居然還得不分東西，最後竟吃得沒有了「東西」。作者在這裡用了多種修辭手法來寫這一群幫閒篾片難看的吃相：誇張、比喻、排比、對偶。更為有趣的是，這些人的動作是「無聲」的，但此處無聲勝有聲，不僅吃完了席面上的一的一切、一切的一，而且由於動作太大，他們竟然連席上的椅子都弄折了兩張，這該是多麼大的力度啊！看來，眾人拾柴火焰高，人類幹一切事情要想取得轟轟烈烈效果的最終出路都在於「集體化」！

如果說，上面這群男幫閒難看的吃相是一種「集體無意識」的話，下面這位女清客的表演則是典型的「個體有意識」了。（請原諒我居然挑戰文藝理論家們創造一個新名詞）而且，這環境完全不同於以上三例，一不在民居，二不在酒樓，三不在妓院，這是在庭院深深深幾許的侯門大戶，有那麼一位土得掉渣但又滑得可愛的鄉村老嫗大駕光臨，表演了聚光燈下獨一無二的難看吃相的獨角戲。

> 劉姥姥拿起箸來，只覺不聽使，又說道：「這裡的雞兒也俊，下的這蛋也小巧，怪俊的。我且肏攮一個。」眾人方住了笑，聽見這話又笑起來。賈母笑的眼淚出來，琥珀在後捶著。賈母笑道：「這定是鳳丫頭促狹鬼兒鬧的，快別信他的話了。」那劉姥姥正誇雞蛋小巧，要肏攮一個，鳳姐兒笑道：「一兩銀子一個呢，你快嘗嘗罷，那冷了就不好吃了。」劉姥姥便伸箸子要夾，那裡夾的起來，滿碗裏鬧了一陣好的，好容易撮起一個來，才伸著脖子要吃，偏又滑下來滾在地下，忙放下箸子要親自去撿，早有地下的人撿了出去了。劉姥姥歎道：「一兩銀子，也沒聽見響聲兒就沒了。」眾人已沒心吃飯，都看著他笑。（《紅樓夢》第四十回）

筆者實在不知道，這位劉姥姥究竟是悲劇人物還是喜劇角色。總之，每看到她的表現，總會覺得心裏像打翻了五味瓶：酸甜苦辣澀一起湧上。正如筆者在《悲劇氛圍中的喜劇意味》一文章中分析的那樣：「劉姥姥如此糟蹋自己，洋相百出，其目的何在？事後，當鴛鴦向她陪不是的時候，劉姥姥才說出心裏話來：『姑娘說那裡話，咱們哄著老太太開個心兒，可有什麼惱的！你先囑咐我，我就明白了，不過大家取個笑兒。我要心裏惱，也就不說了。』正因如此，她才在鳳姐、鴛鴦的導演下，心甘情願地充當一個臨時喜劇演員，出色地完成了以自己的醜態搏得賈府太太小姐們一笑的艱難任務。劉姥姥的裝呆賣傻，她自以為是『聰明的糊塗』，殊不知，這正是一種『糊塗的聰明』。以侮辱自己的方式來討得賈府的一杯殘羹，她得到了什麼，又失去了什麼？這得到的與失去的在人性的天平上孰輕孰重？劉姥姥根本無法明白。但是，每一個有良心的讀者，讀到這種地方時，心靈深處都會引起一陣悸動。為了最基本的生存要求，一個來自鄉村的老嫗竟然如此自覺地將自己的人格尊嚴出賣得乾乾淨淨，這還是『人』的世界嗎？」（《說部門談》）

鄉村老嫗劉姥姥以自己難看的吃相博得了些許殘羹剩汁，已經夠令人沮喪了。但她從「造像」到「得利」畢竟有一個「歷時」的過程，而下面這一位可就是「賒三不如現二」，醜態百出本身就是獲得利益最大化之時，造像與得利「共時」完成。

> 賈敏士接筷在手，瞧著桌上的炒蝦腰，就替我讓客，道：「梅翁，這東西冷了不好吃的，請罷。」梅伯尚未舉筷，他早一連三筷送進口去了。我與梅伯舉筷夾了幾塊兒，也就擱下。瞧賈敏士時，眼如閃電，筷如雨點，不停手的只顧夾，好像與這碗炒蝦腰結下什麼九世深仇似的，不吃光他不肯住手。霎時間，這碗炒蝦腰只剩了些些湯兒。賈敏士喝了一口酒，伸出右手把蝦腰碗拿到唇邊，一吸而盡。放下碗，又舉筷道：「這碗醋溜青魚要冷了，快請，快請，大家來，大家來！」說著時，早又五六筷送進口裏去了。梅伯略動了幾筷，我也應酬了些兒，一霎時，又都是他一人報效完了。（《新上海》第一回）

這段描寫至少有兩點值得注意：第一，前面四個例子分別來自《水滸傳》《西遊記》《金瓶梅》《紅樓夢》，都是中國古代小說中的一流佳作，而賈敏士難看的吃相卻是來自一部三四流的章回小說，由此亦可見得通過描寫書中人物難看的吃相的方式來增強作品藝術魅力的做法並非小說名著締造者的專利。第二，陸士諤的《新上海》是晚清小說，甚至可以說是中國古代小說殿軍陣營中的一篇，這樣小說中某些人物的「悲哀的洋氣」總會給人以「憤怒的笑容」，這是一種非常奇特的審美效果，是明代四大奇書和《紅樓夢》所不能帶給我們的新奇的審美感動。

一部好的小說，絕不可忽視飲食男女的描寫，這是生活的底蘊。

一部好的小說，更應著重描寫從平凡中見出特異的飲食男女的一顰一笑，這更是生活折射出的奇光異彩。

從人腿、馬腿的提速
說到想像與科學的關係

晚清小說界，我佛山人吳趼人堪稱大師級的人物。他是一個文言、白話兩頭爆的小說作家。僅白話小說，今存的就有《二十年目睹之怪現狀》《九命奇冤》《瞎騙奇聞》《新石頭記》《恨海》《上海遊驂錄》《劫餘灰》《發財秘訣》《近十年之怪現狀》《電術奇談》《白話西廂記》《痛史》《糊塗世界》《兩晉演義》《雲南野乘》《剖心記》《新繁華夢》《情變》《無理取鬧之西遊記》等十餘部。涉及歷史、英雄、神異、家常、公案、士流、社會等各個方面。其中，尤其是《情變》一書，乃是一種非常另類的英雄小說。書中寫武俠世家女兒寇阿男與耕讀人家子弟秦白鳳悲歡離合的愛情故事，有比武招親，男女私奔，父母包辦，勞燕分飛，俠女抗爭等內容。書未完，依回目提示，最後乃悲劇結局，男女主人公未能成眷屬，而是雙雙死去，剩下男方遺孤，為其孀婦撫養。真想不到我佛山人亦能寫出如此俠義兼言情的作品，這位晚清小說巨擘「戲路」真正寬得可以。而其中關於武俠兼神異的描寫，更是此書尤為出彩之處。且看一個神奇的片段：

> 原來他早定好了主意。這一夜，等父母睡了，人靜的時候，他卻拿出一枝悶香點著了，插在桌上。拿了革囊，帶了幾兩銀子，與及些乾糧帶在身邊，仍舊扮了男裝，結束停當，拿了鞍轡，悄悄開了房門，反手掩上，摸到後槽，把那一匹烏孫血汗黃驃馬牽了出來。走到大門前，見已經上了鎖，便用一個啄木解鎖法，把鎖解下，開了大門，牽了馬出去，將韁繩拴在一棵樹上，把鞍轡一一裝好，翻

> 身進了店門，仍舊替他關門上鎖，然後騰身上屋，跳在門外。在身邊取出早先備下的四張神駿靈符，拴在四個馬腿上。這也是他們白蓮教相傳的道術，無論什麼騾馬之類，腿上拴了這個符，跑起來比平日要加四五倍快。譬如這馬是日行百里的，拴了符便可以走到四五百里。阿男拴好了符，便騰身上馬，加了一鞭，向來路而去。（《情變》第五回）

這樣一段駿馬腿上綁了「靈符」就提速「四五倍」的描寫，明眼人一下就可以看出它是來自《水滸傳》神行太保戴宗的「甲馬」。且看那位戴院長的出場秀：

> 說話的，那人是誰？便是吳學究所薦的江州兩院押牢節級戴院長戴宗。那時故宋時，金陵一路節級都稱呼「家長」，湖南一路節級都稱呼做「院長」。原來這戴院長有一等驚人的道術：但出路時，齎書飛報緊急軍情事，把兩個甲馬拴在兩隻腿上，作起神行法來，一日能行五百里。把四個甲馬拴在腿上，便一日能行八百里。因此人都稱做神行太保戴宗。（《水滸傳》第三十八回）

兩相比較，《情變》對《水滸傳》可謂模仿痕跡宛然。但也有進步，畢竟將人腿綁馬甲換成了馬腿綁靈符，而且，飛奔的馬兒較之飛奔的人兒而言，畢竟更帶有生活的真實，也更加具有詩情畫意。試想，一個人徒步在路上狂奔，時速達七八十里，生活中出現這樣的場景，這人肯定會被認為是怪物；而一匹駿馬在大道上風馳電掣，時速也在七八十里，人們會認為很正常。兩相比較，雖然兩部小說都有誇張，但《情變》的誇張較之《水滸傳》而言更合理，更具有生活真實與藝術真實相結合的良好效果。僅從這一小點而言，也應該說是中國古代小說史的一個進步。

或許有人會對筆者的以上觀點提出異議，《水滸傳》中甲馬綁人腿的描寫為什麼就沒有《情變》中的靈符綁馬腿真實呢？如果這樣看問題，那麼，《西遊記》中孫悟空「一筋斗就有十萬八千里路」豈不是更不真實嗎？要想正確把握這一問題，我們首先必須明確以上三部小說不同的類別性。《水滸》和《情變》都是英雄小說，它們離現實生活比較近，因此它們的作者在運用誇張手法時必須注意要掌握一個「度」，而《西遊記》是神異小說，它的誇張便可以更加縱橫恣肆，甚至達到神遊八極、情繫九天的「無極之外復無無極，無盡之中復無無盡」（《列子・湯問》）的地步。但，無論是何種程度的誇張，都是以豐富的想像為基礎的。因此，想像，應該就是小說創作的生命線。對於這一問題，筆者在討論孫悟空這一藝術形象時，早已發表過自己的觀點：

> 孫悟空能將廣大讀者帶到一個廣袤無垠的理想世界，或者說，他在一定程度上代表和體現了人類對未來世界的理想化追求。人類對大自然的認識總是從低級到高級、從感性到理性、從蒙昧到科學的。而且，在一定的歷史階段，有些事情對於人類而言是可望而不可及、想幹而無法達到的。那麼，就需要有一種想像的產物來作為人類憧憬未來的載體。孫悟空就是這麼一個人類崇高夢想的載體。你想上天入地、倒海翻江嗎？做不到！但孫悟空可以「幫助」你做到。你想千變萬化甚至將自身「克隆」千百遍嗎？做不到！但孫悟空有七十二變，並且可以拔根汗毛變做千百個「自我」。更有意味的是，當年人類未能實現的事物，今天卻一個又一個地實現了；今天人類尚未能實現的事物，保不定明天就可能實現。但在沒有真正實現之前，人類為什麼不能先在文學藝術中「享受」一番呢？這裡有一個公式：需求——想像——實現，這就是人類崇高的文明追求，而孫悟空的崇高美恰恰是體現在「需求」與「實現」之間的一個不可或缺的「想像」環節。從這個意義上講，豐富想像是嚴謹科學的父親。一個缺乏想像力的民族必然是不可能長足進步的民族，一個缺乏想像力的人恐怕也不可能成為傑出的科學家。進而言之，人類的想像力都是有限度同時又有彈性的，孫悟空形象的偉大意義之一就是「拉長」人們的想像力。一方面使人們在充分「想像」的前提下去追求充分的「實現」，另一方面，這種想像力的被「拉長」，本身也是一種「快感」，一種審美快感。而當這種審美快感流遍全身時，人們會暫時忘卻現實生活中的苦惱、憂愁、煩悶，而進入另一個世界，一個日常生活以外的剩餘精力充分、自由發洩的境界，從而得到一種真正的「崇高美」的享受。(《從三國到紅樓》)

時至今日，我仍然覺得這個說法是有道理的：嚴謹的科學與豐富的想像的的確確有著不可或缺、千絲萬縷的聯繫。

濫殺無辜究竟要「濫」到何種程度？

人與人之間的區別真大，就拿對人類自身鮮血的感覺而言，有的人有「暈血症」，看見一點人血就虛弱得倒下去；有的人卻是「嗜血狂」，看見人血就興奮得不知所以。在現實生活中，這種嗜血狂並不是很多，但在中國古代小說尤其是描寫英雄、俠客的小說中，此類漠視生命的「好漢」卻並不少見。

嗜血狂最突出的表現就是濫殺無辜，而濫殺無辜又有兩種情況，一種是為了一己私利的毫無道理可言的「殺害」，一種卻是被某些倫理道德的外表所包裝的「殺戮」。二者都是慘無人道的，但後者卻有點兒「人倫」得自欺欺人。

《水滸傳》中的武松和李逵都是濫殺無辜的代表，但兩人之間的層次卻略有不同。李逵身上，有一種人類的原始劣根性——低級動物嗜血的本能。而武松卻是一種江湖好漢的快意恩仇——人類原始的復仇衝動。李逵濫殺無辜，屬於毫無道理型的，而武松濫殺無辜，卻屬於自欺欺人型的。

先看李逵這種「型」，在江州劫法場時，李逵的毫無道理的濫殺無辜表現得充分而徹底：

> 只見那人叢裏那個黑大漢，輪兩把板斧，一昧地砍將來。晁蓋等卻不認得。只見他第一個出力，殺人最多。晁蓋猛省起來：「戴宗曾說，一個黑旋風李逵，和宋三郎最好。是個莽撞之人。」晁蓋便叫道：「前面那好漢，莫不是黑旋風？」那漢那裡肯應，火雜雜地輪著大斧，只顧砍人。晁蓋便叫背宋江、戴宗的兩個小嘍羅，只顧跟著那黑大漢走。當下去十字街口，不問軍官百姓，殺得屍橫遍野，

血流成渠。推倒攧翻的，不計其數。眾頭領撇了車輛擔仗，一行人盡跟了黑大漢，直殺出城來。背後花榮、黃信、呂方、郭盛，四張弓箭，飛蝗般望後射來。那江州軍民百姓，誰敢近前。這黑大漢直殺到江邊來，身上血濺滿身，兀自在江邊殺人。百姓撞著的，都被他翻筋斗，都砍下江裏去。晁蓋便挺樸刀叫道：「不干百姓事，休只管傷人！」那漢那裡來聽叫喚，一斧一個，排頭兒砍將去。（《水滸傳》第四十回）

你看李逵殺人的「關鍵詞」：「火雜雜地輪著大斧，只顧砍人。」「身上血濺滿身，兀自在江邊殺人。」「都被他翻筋斗，都砍下江裏去。」「一斧一個，排頭兒砍將去。」真正是勇猛到了極點，可以稱得上是「殺人機器」。如果是在戰場上如此殺人，那倒未可厚非。因為戰場就是相互殺戮的，你不殺掉敵人，敵人就要殺掉你，那叫作你死我活的鬥爭。但是，李逵所殺的都是什麼人呢？如果殺的都是威脅他宋公明哥哥生命的劊子手或軍士，那也情有可原。但李逵殺得更多的卻是兩個最要命的字：「百姓」。就連當時梁山泊的一把手晁蓋也高聲制止他，他仍然聽不進去，只顧「殺」下去。須知，這被殺的人裏面，大量都是與黑旋風的父母兄弟一樣的普普通通的百姓。這就叫作毫無道理的殺人。無論在哪個時代、哪個國度，無論站在哪個階級的立場，無論處於何種文化背景之下，都是全無道理的！這是不能用「莽撞」二字來解釋之、包庇之，來敷衍塞責的。

像這種利用「劫法場」的大好時機肆意殺人的「英雄好漢」，在中國古代小說中絕非「黑旋風」一個，我們不妨再看看另一部作品中一位名叫常萬青者在法場上刮起的「青旋風」，那實在是不亞於李鐵牛前輩。

常萬青早到面前，大喝道：「狗官休走！」一刀砍死知縣，那些眾役見傷了本官，一齊擁來捉常公爺。常公爺道：「我的兒，來得越多越好」。手起刀落，如同砍瓜切菜一般，只聽得「哼」「哎」喊叫之聲，死者不計其數。這些官兵衙役，不到半刻工夫，都做了無頭之鬼，刀下亡魂。那些看的人，力強膽大者，早已跑脫了；那些無膽氣者，腳都嚇軟了，欲跑不能。常公爺殺得性起，哪裏還管官兵、衙役、百姓，遇者就殺，遇者就砍，也不知傷了多少。（《五美緣》第三十六回）

當然，這股「青旋風」相對於「黑旋風」而言似乎更有「風格」一些。一開始，它刮的僅僅是「官兵衙役」，但到後來，終至「青黑不分」了，因為出現了一種最可怕的情緒——「殺得性起」，於是，哪裏還管他青紅皂白，再於是，最為慘絕人寰的一幕就出現了：「哪裏還管官兵、衙役、百姓，遇者就殺，遇者就砍，也不知傷了多少。」什麼叫「殺得性起」？說穿了，就是人類身上所蘊含的低級動物的嗜血本能的猛然爆發，這是比一般衝動更兇狠得多的魔鬼——魔獸。碰到這種魔鬼與野獸的雜交物，無辜的人們可就要走投無路遭大秧了。

碰到李逵、常萬青這樣的人物，尤其是碰到他們「殺得性起」的時候，那些法場上的看客真正是倒了八輩子血霉，但還有一個問題，這些死者本身也是要承擔些微責任的。何以見得？因為如果你不到法場上去，也就不會死於非命了。那麼，這些人到法場上去幹什麼呢？看殺人！殺人有什麼好看的？在官府沒有強制要求全城百姓都得參觀殺人的時候你去看它做什麼？答案只有一個：這些看殺人的人內心深處的深處也或多或少地具有「低級動物的嗜血本能」的因子，只不過與「青黑旋風」他們相比要衝淡得多，或曰要隱藏得深刻得多而已。想不到，由於嗜血的本能而自己的血卻被更強烈的嗜血者給「嗜」了！這真是一件可悲的事。但是，還有比這更可悲的：人在家中坐，禍從天上來。有些十分良善的百姓，甚至連嗜血的影子都沒有彰顯出來而就被別人給殺了，當作土匪殺了，當作韃虜殺了，當作倭寇殺了。而殺這些良善百姓的不是別人，正是「我方」的官軍，「我方」的保護神，靠人民的血汗養活的封建國家軍隊。這就是在古代小說中多次反映的「殺良冒功」。

其實，「殺良冒功」這個詞組是由兩個更小的「詞」組成的，一是「殺良」，一是「冒功」，殺良，就是殺害良民；冒功，就是冒領功勳。講到這個地方，我們就必須首先弄清楚，古代的那些魔獸將軍為什麼要殺良冒功？其實，這都是「首級」惹的禍。

筆者在《閒書謎趣・看不得的首級》一文中，曾經談到古代戰爭中關於「首級」的問題：「有些將帥為了自己能飛黃騰達，虛報戰功的事屢屢發生。明明殺了一千多敵人，卻謊報為一萬多，一般都要翻十倍左右。朝廷為了杜絕這種現象，規定憑首級的數量來核定殺敵的真實戰果。《三國志・魏志・國淵傳》對此有所反映：『破賊文書，舊以一為十。及淵上首級，如其實數。』」並列舉了兩個對方威風八面的將軍嚇壞己方統帥的例子：一是郭威看到高行周的首級，居然給唬了個半死；一是曹操看了關羽的首級，也差一點丟了半命。其實，這樣的例子在中國古代小說中還有不少，此再舉一例：

當吳世賓將孫延齡首級送到之時，馬雄好不歡喜，即令人開視、掀髯向延齡首級笑道：「延齡，汝昔為定南王，今為臨江王，固一世之雄也，顧也有今日耶？」說罷正揚揚得意，見延齡首級突然睜目張口，躍然豎起，其頭直撲馬雄身上。馬雄大叫道：「延齡殺我！」即時咯血遍地，已不省人事。（《吳三桂演義》第二十回）

像高行周、關雲長、孫延齡這樣的英雄或梟雄的頂尖級的「首」，哪怕是「風乾」或「醃製」了以後仍然是威風八面的，所以能嚇倒某些還活在世上的梟雄或奸雄。但一般戰士死後的腦袋，則沒有這麼大的「放射性」，而只能老老實實作為得勝將軍們獻功的數據，作為他們升「級」的「首」，因此叫作「首級」。然而，並非每一個將軍戰場上都能繳獲大量敵人的首級而論功領賞的。一方面，或許敵人太過強大，自己原本吃的就是敗仗，自己手下的將士們的首級只能給敵方統帥取走；另一種可能就是根本沒有遇到敵人，但又不可能白跑一趟，那至少說明你的情報工作沒做好，這同樣要受懲罰。碰到這兩種情況的任何一種，回來後都是沒有「功」而只有「過」的。最低要降級，其次撤職，更嚴重的是皇上說不定還要了這位將軍的首級。於是這些被敵人打敗或者沒有碰到敵人的將軍們就想到一個絕好的主意——「殺良冒功」，殺手無寸鐵的老百姓並用他們的首級冒充敵人的首級，反正老百姓的軍事素養又低，基本沒有戰鬥力，殺他一批，那不是易如反掌？於是，就有了下面這些令人不忍卒讀的場面：

卻說楊順到任不多時，適遇大同韃虜俺答，引眾入寇應州地方，連破了四十餘堡，擄去男婦無算。楊順不敢出兵救援，直待韃虜去後，方才遣兵調將，為追襲之計。一般篩鑼擊鼓，揚旗放炮，都是鬼弄，那曾看見半個韃子的影兒？楊順情知失機懼罪，密諭將士：「搜獲避兵的平民，將他剃頭斬首，充做韃虜首級，解往兵部報功。那一時不知殺死了多少無辜的百姓。（《喻世明言．沈小霞相會出師表》）

時遠近村裏農夫聞知賊退，爭出耕田，經商買賣者，咸出於途，官軍路中相遇，盡皆殺死，斬首擕去，俱用火焞毛髮，使其臃腫，相似倭奴邀功。及回省城，左布政曾於拱，右布政陳大賓，領各官及三縣四學生員，各執綵仗出郭迎接。諸將校斂軍入城，殊有德色。阮都令軍士各報首級，共二百五十五顆，皆是農夫樵父之頭也。故百姓曰:「捉來猶可，兵來殺我。」眾官不知，但見頭無毛髮，皆言是真倭頭也，合聲喝采，即令頒賜軍士。(《戚南塘剿平倭寇志傳．阮都堂金花買陣》)

秋英也不推辭，就在旁坐下，因說:「這倭奴狡猾兇殘，大約攻破城池，先肆擄掠，那年老者不分男女，殺戮無存，把那些少壯男人驅在一處，遇著官兵到來，先驅使衝陣，倭奴卻伏在背後，有回顧者即行砍殺。官兵不分青白，槍銃矢石齊發，殺的卻是些無辜百姓，還割了頭去冒功請賞。」(《雪月梅》第二十四回)

自從動身之後，胡統領一直在轎子裏打瞌銃，並沒有別的事情。漸漸離城已遠，偶然走到一個村莊，他一定總要自己下轎踏勘一回，有無土匪蹤跡。鄉下人眼眶子淺，那裡見過這種場面，膽大的藏在屋後頭，等他們走過再出來；膽小的一見這些人馬，早已嚇得東跳西走，十室九空。起先走過幾個村莊，胡統領因不見人的蹤影，疑心他們都是土匪，大兵一到，一齊逃走，定要拿火燒他們的房子。這話才傳出去，便有無數兵丁跳到人家屋裏四處搜尋，有些孩子、女人都從床後頭拖了出來。胡統領定要將他們正法。……當下統率大隊走到鄉下，東南西北，四鄉八鎮，整整兜了一個大圈子。胡統領因見沒有一個人出來同他抵敵，自以為得了勝仗，奏凱班師。……少停升炮作樂，把統領送到船上，下轎進艙。接連著文武大小官員，前來請安稟見。統領送客之後，一面過癮，一面吩咐打電報給撫臺：先把土匪猖獗情形，略述數語；後面便報一律肅清，好為將來開保地步。(《官場現形記》第十四回)

以上這幾位「魔獸將軍」，都是殺良冒功的「高手」。楊順是因為打不過「韃虜」，只好等敵人凱旋後，作「馬後炮」式的追趕一陣，然後開始殺良冒功；阮都更為惡劣，他在無法抵敵倭寇時，先用「金花」買通敵人，請敵人撤退，給自己面子，然後開始殺良冒功，而且過程更為複雜，必須將黎民百姓的腦袋「包裝」成倭寇的頭顱；《雪月梅傳》中官兵的「組團」殺良冒功，則是以上兩種情況的綜合，一方面是打不過敵人而殘害百姓，另一方面則是以中國百姓的頭顱冒充倭寇的首級。相比較而言，以上三則材料中的官軍無論如何還是與敵人打過照面的，最令人憤慨的是第四則，那位「剿匪」胡統領根本沒見到「匪」，回去不好交差，又要邀功請賞，於是乾脆將百姓當成「匪」而大剿特剿，甚至連婦女兒童都不放過，真正是殺良冒功之集大成者！

毫無疑問，殺良冒功是最為惡劣的濫殺無辜，那些魔獸將軍們都是滅絕人性的。但有一點，他們「欺人」（包括欺騙他們的皇上）卻不「自欺」，他們的目的很明確，他們在濫殺無辜時根本就將倫理道德丟到了九霄雲外。這樣一種濫殺無辜就是我們前面說到的毫無道理的殺戮之極限。這樣一種濫殺無辜的危害性是人人一看即知的，是不用任何分析、挖掘就能明白的。然而，還有一種濫殺無辜同樣也是可怕的，那就是在倫理道德的包裝之下的快意恩仇的濫殺無辜。而這後一種，不僅在很多古代小說中大量顯現，而且還能得到不少讀者的認可，這個問題可就更嚴重了。

先看事實後說話。這種自欺欺人、快意恩仇的濫殺無辜在中國古代小說中是以《水滸傳》中的武松領銜的。且看：

> 兩個入進樓中，見三個屍首橫在血泊裏，驚得面面廝覷，做聲不得。正如分開八片頂陽骨，傾下半桶冰雪水。急待回身，武松隨在背後，手起刀落，早剁翻了一個。那一個便跪下討饒。武松道：「卻饒你不得。」揪住，也砍了頭。殺得血濺畫樓，屍橫燈影。武松道：「一不做，二不休。殺了一百個，也只是這一死。」提了刀下樓來。夫人問道：「樓上怎地大驚小怪？」武松搶到房前。夫人見條大漢入來，兀自問道：「是誰？」武松的刀早飛起，劈面門剁著，倒在房前聲喚。武松按住，將去割時，刀切頭不入。武松心疑，就月光下看那刀時，已自都砍缺了。武松道：「可知割不下頭來。」便抽身去後門外，去拿取樸刀，丟了缺刀，復翻身再入樓下來。只見燈明，前番那個唱曲兒的養娘玉蘭，引著兩個小的，把燈照見夫人被殺死在地下，方才叫得一聲：「苦也！」武松握著樸刀，向玉蘭心窩裏搠著。兩個小的亦被武松搠死。一樸刀一個，結果了。走出中堂，把拴拴了前門。又入來尋著兩三個婦女，也都搠死了在房裏。武松道：「我方才心滿意足。」（《水滸傳》第三十一回）

在這場讓大英雄「心滿意足」的「血濺鴛鴦樓」的大屠殺中，武二郎一共殺了多少人呢。此前，除了該殺的張都監、張團練、蔣門神外，武松還殺了後槽一名，丫鬟兩名，加上引文中所殺的八九人，一共有十四五人，其中，無辜者竟達十一二人之多。

在中國古代小說中，緊隨《水滸》武松其後而濫殺無辜的是《楊家府演義》中的焦贊，該書第三卷寫這位莽撞的黑漢子將謝金吾「一門不分老幼，盡皆殺之，並未走脫一人」，「老幼一十三口俱皆殺死」。而相同的故事在《北宋志傳》中的描寫，就更為細緻了：

> 焦贊攀援而登，湧身跳於後花園內，密進廚下。家人俱各在堂上伏侍謝金吾，止有小使女在那備食。焦贊於皮靴中，取出利刀，先將使女殺了。提著死人頭，走向堂上。正見謝金吾當席而飲，樂工歌童列於庭側，徑將人頭對面擲去。謝金吾吃著一驚，滿面是血，即喊：「有賊！」焦贊踏進前罵曰：「弄權姦佞！今日認得焦贊麼？」言罷，一刀從項下而過，謝金吾頭已落地。眾人看見，四散逃走。焦贊殺得手活，搶入房中，不分老幼，盡皆屠戮。可憐謝金吾一家，並遭焦贊所害。……臨行自思曰：「謝金吾一家，被我殺死。他是朝廷顯官，若知此事，豈不連累地方？不如留下數字，使人知是我殺，庶不禍及他人也。」即蘸鮮血，大書二行於門曰：「天上有六丁六甲，地下有金神七煞。若問殺者是誰？來尋焦七焦八。」（第二十七回）

《北宋志傳》中的焦贊與《楊家府演義》中的焦贊一樣，這一次對謝金吾「殺死一家老幼，共一十三口」。（第二十八回）而這位焦三爺之所以濫殺無辜的原因則比武松更為沒有道理：「焦贊未知謝金吾家，則全然無事；聽說是本官對頭，怒從心上起，惡向膽邊生。」（《北宋志傳》第二十七回）僅僅因為謝金吾在朝廷中與自己的主子楊家府作對，就要殺掉人家老幼一十三口，這個驚人的數字，堪稱與武二郎不相上下。然而，在快意恩仇的屠殺競賽中，武松雖然「領銜」，焦贊雖然「緊跟」，但他們卻都不是「冠軍」，金牌得主是下面一位隋末英雄好漢王世充，且看他殺人的「豪舉」：

> 老兒道：「員外在東廳吃酒。」世充道：「賣主求生怎饒得你！」一刀斬了，把屍首丟去一邊。關上了莊門，卻把莊裏邊的門開了。見前邊二門關著，世充便扒上牆，走到瓦上，望下一跳，卻跳進裏邊地下，又把石門開了，走到廳側邊，一扇門兒還未關，世充走入，只見遠遠有兩個人提著一盞燈籠走出來。世充閃在一邊，讓他走過了。卻趕上前拍撻一刀，殺了一個。那一個只道他絆了一跤，連忙來扶起，被世充一把拿住。卻待要叫，世充喝道：「你敢叫，叫就殺

你！你只要領我到東廳去見了員外，我就饒你。」那人卻要性命，只得領世充往東廳去。那水要卻吃得大醉，與妻妾三四個在那裡呼三喝四，世充趕入，七八刀光景，就殺了七八個家人。嚇得那些丫環婦女，猶如驚呆兔子一般。水要看見世充來得兇狠，卻待要走，早被世充趕上前，一刀殺了，又把他這幾個妻妾婢女盡行殺完。走出東廳，到四下裏房中抓尋，有睡在床上的，有不曾睡著的，殺個乾乾淨淨。又回到東廳，把酒肴吃了一個飽，又把金銀器物擄在懷內，水要一家良賤共計五十三口，盡被殺死。世充在屍上割下一塊衣服，蘸了血，在粉壁上題下四句道：「王法無私人自招，世人何苦稱英豪，充開肺腑心明白，殺卻狂徒是水要。」每句頭上藏一字道：「王世充殺」。（《說唐全傳》第三十二回）

這裡的情況比《水滸傳》《楊家府演義》中更為嚴重，王世充所殺的水要滿門五十三口，真正該殺的唯水要一人而已，如此，便濫殺了五十二人。這是多麼可怕的數字！更有甚者，如此大規模的濫殺無辜，絕非武松、焦贊、王世充三人，還有可怕的「事已過三」之後的「再四」。還有一位鄧飛雄，在殺人如麻這一點上，與王世充堪稱冠亞之間：

鄧飛雄送下書信，這才直奔東後街黃勇的住宅，飛身躥上房去，跳在院中，逢人便殺，由前院殺起，一直殺到後面。……有人跑進來說：「毛大哥！可了不得了！來了一個人，像是鍾馗，殺傷了無數的人，連夫人和兩個小孩子，七八個姨奶奶，全皆被殺，現在上西房院去了。」……鄧飛雄將人心取出來，用油紙包好，連那婦人共殺了三十餘條人命。（《彭公案》第二百零六、二百零七回）

放下濫殺無辜的數量不談，僅就殺人的理由而言，上述四位卻都有些「報仇雪恨」的意思，都有點「你死我活」的意味，或為忠奸鬥爭，或為江湖恩怨，也還算「大處著眼」。而下面這位大宋開國皇帝趙匡胤還在當市井英雄好漢時的一番表演，卻實在讓人大跌眼鏡。為了鬥點青樓閒氣，遭到父親的責罰，這位朝廷命官之子的趙大郎居然跑到勾欄中去濫殺樂工歌妓：

聽樓鼓近二更，匡胤跳過粉牆，遠望見露出燈光，拽步踏進前，推開院門，遇二樂工立在門下，喝問：「是誰？」匡胤拔出利刀，先將二樂工殺了，直進入窗下，遇大雪正待推掩窗門。匡胤推開進去，信手揪住大雪道：「認得勾欄中好漢麼？」大雪驚得魂飛魄散，連聲乞饒命。匡胤道：「汝此賤人，連累我遭責，饒不過你！」言罷，拔刀斬之，徑進房中尋小雪。小雪已知其事，急躲入帳後，被匡胤擘胸拽出於床邊。小雪欲叫，匡胤右手掣出尖刀，砍頭在手。（《南宋志傳》第十五回）

在中國古代小說中，不僅如上所述的英雄人物可以快意恩仇而肆意殺人，就連「非英雄」的普通人同樣可以為了洩憤而將屠刀指向無辜。話本小說中有一個人物名叫任珪，南宋臨安人，是一家生藥鋪的主管，按身份，就是一個下層市民。他的妻子是一個行為不端的女人，婚前就與鄰居周得有奸，婚後繼續來往，被任珪盲瞽的父親看出端倪，告訴了兒子。那婦人反而誣陷任珪瞽父調戲她，使任珪將其送回娘家暫住。後來，任珪弄清了原委，就發生了下面連殺五人的慘劇：

一直望丈人家來。……掇開房門，拔刀在手，見丈人、丈母俱睡著。心裏想道：「周得那廝必然在樓上了。」按住一刀一個，割下頭來，丟在床前。正要上樓，卻好春梅關了門，走到胡梯邊，被任珪劈頭揪住，道：「不要高聲；若高聲，便殺了你。你且說周得在那裡？」那女子認得是任珪聲音，情知不好了。見他手中拿刀，大叫：「任姐夫來了！」任珪氣起，一刀砍下頭來，倒在地下，慌忙大踏步上樓去殺姦夫、淫婦。……徑到床邊。婦人已知，聽得春梅叫，假做睡著。任珪一手按頭，一手將刀去咽喉下切下頭來，丟在樓板上。口裏道：「這口怒氣出了，只恨周得那廝不曾殺得，不滿我意！」猛想：「神前殺雞五跳，殺了丈人、丈母、婆娘、使女，只應得四跳，那雞從梁上跳下來，必有緣故。」抬頭一看，卻見周得赤條條的伏在梁上。任珪叫道：「快下來，饒你性命！」那時周得心慌，爬上去了；一見任珪，戰戰兢兢，慌了手腳，禁了爬不動。任珪性起，從床上直爬上去，將刀亂砍，可憐周得從梁上倒撞下來。任珪隨勢跳下，踏住胸脯，搠了十數刀，將頭割下。解開頭髮，與婦人頭結做一處。將刀入鞘，提頭下樓，到胡梯邊，提了使女頭，來尋丈人、丈母頭，解開頭髮，五個頭結做一塊，放在地上。此時東方大亮，心中思忖：「我今殺得快活，稱心滿意。逃走被人捉住，不為好漢，不如挺身首官，便吃了一剮，也得名揚於後世。」（《喻世明言·任孝子烈性為神》）

任珪殺人的過程是非常恐怖的，但令人更加不寒而慄的是他殺人以後的心理活動。為了一姦情案件連殺了有罪而不至死的二人以及被牽連的三人之後，這位「血性」男兒居然想到的是「快活」「滿意」，要做「好漢」而不逃走，提著五顆腦袋去自首而「名揚於後世」。實在話，如果是李逵、張飛或者是武松、林沖這樣看問題、想問題，那倒不令人感到詫異，因為這種思路正是所謂「江湖好漢」的邏輯。而現在這樣想、這樣做的只是一個普普通通的市民，一個藥鋪的營業員，他居然也有如此濃厚的「好漢」情結，而且是濫殺無辜的「好漢」情結。可見，在這樣一種文化氛圍中，為了一己私怨而草菅人命的思想行為已經相當普遍。這一方面說明當時的司法制度不完善，普通人看不到法律的公正，因此只能寄希望於自己動手解決問題；另一方面，也說明在「快意恩仇」的英雄傳奇故事的影響之下，許多人對生命的漠視。這種現象，正如同當今社會有些青少年玩那種充滿暴力、殺戮的電腦遊戲、網絡遊戲玩得太多，從而產生的對生命意識麻木不仁的嚴重後果。但「任珪五顆頭」的故事中的漠視生命與網絡遊戲中的生命麻木畢竟還有不同。在任珪那裡還有一個東西，那就是他的妻子曾經誣陷過他的父親，而且是盲瞽的父親，而任珪是出了名的孝子。這樣，從小說家到讀者就自覺不自覺地認為任珪的行為是正義的，而那女子及其姦夫乃至相關人員都死有餘辜或罪有應得。因為在古老的中國有兩句話是長期被作為廣大人民群眾的人生座右銘的：「萬惡淫為首，百善孝為先」。而這兩句話，恰恰就是《任孝子烈性為神》一篇的主題思想。質言之，任珪之所以要取那五顆頭，就是對仇人實行一種道德的審判和裁決。

然而，更發人深省的是，這種被某些倫理道德的外表所包裝的「殺戮」，甚至濫殺無辜，並不僅僅發生在男主人公身上，有的節烈女子在紅顏衝冠一怒時也同樣會產生這種令人瞠目結舌的後果。在古老的中國，不止一篇的小說寫到這樣的故事：一位申屠娘子，名叫希光，她的丈夫被一個叫作方六一的人陷害至死，而方六一這樣做的目的原來是看上了申屠娘子。於是，這位節烈而又剛毅的女人將計就計，假裝嫁給方六一，並在洞房花燭之夜手刃了仇人。且看兩篇擬話本小說作品對這個血腥場面的描寫：

> 方六一忙解衣裳，挺身撲上來。申屠娘子右手把緊劍靶，正對小腹上直搠，六一大痛難忍，只叫得一聲不好了，身子一閃，向著外床跌翻。申屠娘子隨勢用力，向上一透，直至心窩。須臾五臟崩

流，血污枕席。……丫頭不知是計，一個走上一步，方才揭開帳子，申屠娘子道：「沒用的東西，火也不將些來照看。」口內便說，探在手，一把揪住，挺劍向咽喉就搠，即時了帳。那一個丫頭只道真個要火，方轉身去攜燈，申屠娘子跳出帳來，從背後劈頭揪翻，按倒在地。那丫頭口中才叫阿呀，刃已到喉下，眼見也不能夠活了。申屠娘子即點燈去殺姚婆，那房門緊緊拴住，急切推搖不動。方六一兒子還未睡著，聽見門上聲響，問道：「那個？」申屠娘子應道：「爹爹要一件東西，可起來開門。」這小廝那知就裏，披衣而起。門開處，申屠娘子劈面便搠，這小廝應手而倒，再復一下，送歸泉下。跨過屍首，起身竟奔床前，那婆子爛醉如泥，打呼如雷，一發不知甚麼好歹，一連搠下數十個透明血孔，末後向咽下一勒，直挺挺的浸在血泊裏了。(《石點頭．侯官縣烈女殲仇》)

方六一隻道他來睡，不提防。這希光看得親切，舉起右手，照著六一頭上就是一刀，將頭砍下。希光慢慢的取了一條被，將他的頭來包了，連聲叫道：「官人忽然有病，你們走一個人來。」先是一個丫鬟入門，希光也就是一刀，隨後又走一個，是方六一的姐姐，聽得叫喚，手裏拿了一個燈兒進來，希光也是照頭一刀，還有幾個不曾走起的，希光走入去，一個一個，亂亂的都砍死了。一來是希光堅心，二來是方六一殺了董昌，該受此報，他不曾族滅得董昌，今日倒真是族滅了一家了，希光方才快意。(《二刻醒世恒言．申屠氏報仇死節》)

兩篇小說中申屠娘子殺方六一的場面已經夠血腥了，但更令人不可思議的是為什麼要殘殺方六一家其他的人？即便是與這事有些關聯的姚婆等人，也罪不至死呀？更何況還有那無辜的丫鬟，還有方六一年幼的兒子，為什麼要奪取這些無辜者的性命呢？《申屠氏報仇死節》中的一句話道出了個中奧秘：「方六一殺了董昌，該受此報，他不曾族滅得董昌，今日倒真是族滅了一家了，希光方才快意。」原來這裡所流溢的其實是人類最原始的部落、家族之間冤冤相報的歷史積澱。原來生活在文明社會的人，卻有如此原始的思維方式。可悲的是，具有這種思維方式的絕非申屠娘子一人，而流行這種思維方式的也絕非申屠娘子所生活的那個時代。這種為家族、丈夫報仇而滅掉仇人滿門的行為，表面上看，是符合封建倫理道德的，而實際上是最沒有人倫道德的。然而，更可怕的還在下面。申屠娘子們的思想和行為還不是打著倫理道德的旗號濫殺無辜之極限，因為那主要被殺對象還是「有辜」的，而受有罪者牽連而被殺害的無辜者在封建時代的人們看來也是頗為正常的，因為株連九族的思想在不少中國人心目中是根深蒂固的。否則，為什麼在十年浩劫期間有那麼多「黑五類」的狗崽子呢？

話說回來，既然申屠娘子們的思想和行為還不是打著倫理道德的旗號濫殺無辜之極限，那麼，什麼樣的人幹了什麼樣的事才算濫殺無辜「濫」到了極限呢？下面一句話是令人觸目驚心而又無法相信的：將自己無辜的親人殺給「同宗」或「賢侄」吃掉！

世上還有這樣的事？謂予不信，請看描寫：

> 忽到一家投宿，其家一後生出拜，問之，乃獵戶劉安也。聞是同宗豫州牧至，欲尋野味不得，乃殺其妻以食之。玄值曰：「此何肉也？」安曰：「乃狼肉也。」二人飽食。天晚夜宿，至曉辭，去後院取馬，見殺其妻於廚下，臂上盡割其肉。玄德問之，方知是他妻肉，傷痛上馬。（《三國志通俗演義》卷之四《呂布敗走下邳城》）

> 密依其言，尋小路逕投。來路絕糧，於村中求食，但到處無一相與。密心懊惱，猛然暗思：「此間有一人姓游名太和，是吾父拜義兄弟，現為獵戶，可往投之，求宿一宵。」遂自行到莊門，入見太和下拜。太和曰：「我聞朝廷遍行文書，拿你一起逃犯甚緊。賢侄如何到此？」密告以前事：「今番不是灌醉監使，已粉骨碎身矣。」太和拜謝，謂密曰：「賢侄寬懷安坐，老夫家中無美味，容往山中，尋一野味，以待賢侄。」言訖，上驢去了。密坐半日，見太和始回，遍去尋野味不得，乃殺其妻以食之。密謂曰：「此何肉也？」太和曰：「是野豬肉也，其味甚美。」密飽食。天曉辭去，後院借馬，見殺死其妻於廚下，臂上盡割其肉。密問之，方知是他妻肉，痛傷而別。（《隋唐志傳通俗演義》第五回）

明眼人一眼就可看出，《隋唐志傳通俗演義》中的描寫模仿的是《三國志通俗演義》，劉安殺妻以饗劉玄德，表達的是對同宗名流的尊敬，而游太和殺妻以饗李密，則是為了表達對結義兄弟的兒子的呵護，二者雖微有不同，但其內核是一樣的：極端的宗法觀念，極端的江湖義氣，極端的賤視女性，極端的漠視生命。在劉安和游太和這兩位「獵戶」的內心深處，女人，哪怕是作為自己妻子的女人，不過是「弱肉」而已，碰到強悍的道德，她們就會被「強食」。如若不然，他們在撒謊的時候為什麼要將被殺的妻子的遺體「誣陷」為「狼肉」或者「野豬肉」呢？為了實現各自心目中倫理道德的最大化，他們像獵殺野味一樣殺害了自己的妻子，並將她們割碎了獻上標誌封建之道祭壇的餐桌。這真是人類最可悲也最可卑同時還是最可怕的一件事，是濫殺無辜而「濫」到了極點的表現。

以上，中國古代小說中形形色色的濫殺無辜的描寫就擺在我們面前，並且使我們看到它們究竟「濫」到了何種程度！那麼，這些描寫有存在甚或流傳的價值嗎？答案當然是「有」！但要強調一點，關鍵是我們怎樣閱讀這些片斷。如果抱著欣賞乃至暗暗讚美的心態閱讀這些描寫，那說明這樣的讀者內心深處還有著人類原始的嗜血本能的頑固存在；如果抱著發自內心的恐懼、反思乃至厭惡、批判的態度來閱讀，那就說明這樣的讀者在繼續完成著由普通動物到最高級動物的更深層次的進化。

物種的進化是無止境的。現在的「人類」不過是中間的一個環節。

市井婦人的豪言壯語

在一般人的印象中，市井婦人的語言是以粗俗風趣為主要特色的，但在某些小說家筆下，市井婦人的櫻桃小口中往往也會吐出豪言壯語。這種錯位語言的運用，實際上也是塑造人物形象的一種頗為特殊的方法。且看《水滸傳》中的超級淫婦潘金蓮與打虎英雄小叔子武松的一段對話：

> 武松再篩第二杯酒，對那婦人說道：「嫂嫂是個精細的人，不必用武松多說。我哥哥為人質樸，全靠嫂嫂做主看覷他。常言道：表壯不如裏壯。嫂嫂把得家定，我哥哥煩惱做甚麼！豈不聞古人言：籬牢犬不入。」那婦人聽了這話，被武松說了這一篇，一點紅從耳朵邊起，紫漲了面皮，指著武大便罵道：「你這個醃臢混沌，有甚麼言語在外人處，說來欺負老娘！我是一個不帶頭巾男子漢，叮叮噹噹響的婆娘，拳頭上立得人，胳膊上走的馬，人面上行的人！不是那等搠不出的鱉老婆！自從嫁了武大，真個螻蟻也不敢入屋裏來，有甚麼籬笆不牢，犬兒鑽得入來？你胡言亂語，一句句都要下落，丟下磚頭瓦兒，一個也要著地。」(《水滸傳》第二十四回)

在《金瓶梅》中，這一段話基本照抄。不僅如此，《金瓶梅》還將潘金蓮塑造為一個語言表達大師，開口說話就像一串鈴。並且，潘金蓮的語言藝術還分別影響了《紅樓夢》中的王熙鳳和林黛玉。不過，那是另外一個話題，此不贅言。這裡所要強調的乃是上引那個片段中潘金蓮的豪言壯語對後世小說產生的直接影響。

> 馬氏道：「老爺常出外去，哪裏知得那三房四房雖瞧我不起，還不敢裝模作樣。那二房常對人說，他是先到這裡，親見我們進來的，

故凡事倒不由我主意。又說我外家是個破落戶，紙虎兒嚇不得人，杉木牌兒作不得主，這樣就該受人欺負了。我外家哪裏敢做人情，送禮物來，高扳他人，須知我是拳頭上立得人，臂膊上走得馬，叮叮噹噹的女兒，又不是個丫頭出身，如何受得這口氣？」（《廿載繁華夢》第六回）

此處的馬氏，是朝廷命官周庸祐的繼室。這個女人雖然身為官太太，但實際上與她的丈夫恰好配成極為庸俗的一對。她在老公面前說二房的壞話，實在是挑撥離間的意思。但這種挑撥離間的語言居然也帶出了豪壯的氣味，而且完全是潘金蓮式的，連誇張的詞彙、口吻都完全一樣：「拳頭上立得人，臂膊上走得馬，叮叮噹噹的女兒」。這種克隆式的描寫，當然算不上什麼高明的手段，只不過說明《水滸傳》影響巨大之一斑而已。那麼，有沒有創造性地繼承發展《水滸傳》潘金蓮豪言壯語的例子呢？

別說，還真有！而且不止一處。先看第一例：

老媽道：「去年受了小娘子尊賜，至今絲毫不曾出得力。又且張官人相託。隨你分付，水裏水裏去，火裏火裏去，盡著老性命，做得的，只管做去，決不敢洩漏半句話的！」（《拍案驚奇》卷二十九）

書中的老媽姓楊，是一位賣花老媽，但又兼做媒人，她得了羅惜惜小姐及其如意郎君張官人的好處，自然會賣力幫他們穿針引線。這裡的一段話，就是楊老媽對羅小姐說的，帶有表決心的意味。但無論如何，這種語言的的確確是充滿活力與生氣的，是讓讀者有如見其人、如聞其聲的感受的「活語言」。說罷這位媒婆，我們再看第二例：

虔婆道：「你是甚麼巧主兒！囮著呆子，還不問他要一大注子，肯白白放了他回去？你往常嫖客給的花錢，何曾分一個半個給我？」聘娘道：「我替你家尋了這些錢，還有甚麼不是！些小事就來尋事！我將來從了良，不怕不做太太，你放這樣呆子上我的樓來，我不說你罷了，你還要來嘴喳喳！」（《儒林外史》第五十四回）

這位妓女的豪言壯語雖然不是那麼粗鹵，但頗有境界，眼眶子極大。正如天目山樵對她這番應答的評價所言：「胸中挾一個太太故也。」志高而氣壯，氣壯而語豪。何以如此？因為「那聘娘雖是個門戶人家，心裏最喜相與官。」（第五十三回）而且，又有算命先生說她「將來從一個貴人，還要戴鳳冠霞帔，有太太之分哩」。（第五十四回）吳敬梓的這種寫法，可謂深入到這位好高騖遠的妓女的骨髓。

相對於《水滸傳》中的潘金蓮而言，上述媒婆和妓女的這些語言雖然也屬於豪言壯語，但卻是另一番風味的豪言壯語，模仿的成分少，創新的因素多。這樣的地方，可以稱之為小說史上的進步。

一滴水可以照見大千世界，隻言片語可以體現小說史的內在發展。

如果看不到這些，那可就一對不起施耐庵，二對不起凌濛初，三對不起吳敬梓了。

如果辜負作者的時候太多，那還看什麼古代小說作品？

強盜口吻

社會中各色人等，其語言都有各自的特異性，或者可以稱之為職業語言。例如，當了一輩子教師的人，對人說話時，往往會反覆強調「明白了嗎」「聽懂了嗎」之類的話；而當兵的人，喜歡說「堅決執行」「沒有問題」之類的話；長期從事服務行業的工作人員，「您好」「謝謝」「對不起」總是掛在嘴邊；領導幹部呢？「這個」「是吧」「我看」之類口頭禪在所難免。如此等等，不一而足。那麼，還有一種人，今天很少見到，在古代小說中卻屢見不鮮的強盜，他們是何口吻？這應該是一個饒有趣味的問題。

且讓我們玩一次「穿越」，聽聽在大上海燈紅酒綠的商界突然出現的強盜口吻：

> 扁人聽了大為安心，便道：「閒話少說，你要我搭當的意思盡在不言中了。但是我如今忒窘了，體面衣服都變了錢了，不是我不要臉子，既然你我要同心合膽幹一番事業，圖個下半世快活，可否先設法百十洋錢充起闊老來。」（《商界現形記》第十回）

這段話中間，在「圖個下半世快活」一句後面，有佚名夾批：「此語彷彿《水滸傳》阮氏三雄之語，竟是強盜扳談。祁茂承、馬扁人原是不操戈矛之大盜也。圖個下半世快活，何奈天不容情，恰恰不快樂，吃盡大苦。」此段批語明確指出商人馬扁人的話，是強盜語言。尤其是「圖個下半世快活」的呼喊，與《水滸傳》中立志搶劫梁中書貢獻給岳父蔡京生辰綱的阮氏三雄口吻如出一轍。

這樣的批語，真正是一針見血，既指出了《商界現形記》的文學淵源，又指出了小說的微言大義。馬扁人，難道不就是騙人二字嗎？這樣一個奸商，與臭味相投之人一起商量怎樣坑人，難道與強盜行徑有什麼本質區別嗎？故而，批語說他「原是不操戈矛之大盜也」。更有意味的是，作者覺得在這裡僅僅讓馬扁人偶而露崢嶸是不夠的，必須反反覆覆揭露他。因此，在相隔數回書之後，又一次讓馬扁人的好友祁茂承將強盜的口吻重現一次：

> 茂承笑著，把扁人的肩一拍道：「老弟，你只知其一，不知其二。但凡名字兒好聽的人，倒是第一等通融，斷乎沒有不肯做的事體。若是瞻前慮後顧名思議，這麼樣的人，決計不會把他的名字兒響亮起來。況且這位牛楚公牛老先生，原底子的歷史不見得什麼好聽，所幹的事也不見得件件靠得住。老弟你別慌，我這裡寫起信來，你預備著動身到了那裡，見了姓牛的儘管放心，包你幹得出一件好事情來，大家快樂個下半世。」（《商界現形記》第十四回）

而那不知名的批者（我有點懷疑竟是作者自己）也不甘落後，趁著祁茂承話音未落，趕忙又是一段夾批：「這種話頭倒像《水滸傳》中阮氏三雄等一流人口吻，奇極，奇極。」這樣不厭其煩地重複描寫和重複點評，就坐實了馬扁人、祁茂承之流就是「不操戈矛之大盜」，他們的口頭禪來自梁山強盜。

既然作者、批評者如此殷勤之至，一定要讓馬扁人與梁山泊扯上關係，那麼，我們就來看一下那「操戈矛之大盜」阮家兄弟的原唱是何種模樣吧。

> 吳用道：「你們三位弟兄在這裡，不是我壞心來誘你們。這件事，非同小可的勾當。目今朝內蔡太師是六月十五日生辰，他的女婿是北京大名府梁中書，即日起解十萬貫金珠寶貝與他丈人慶生辰。今有一個好漢姓劉名唐，特來報知。如今欲要請你們去商議，聚幾個好漢，向山凹僻靜去處，取此一套富貴不義之財，大家圖個一世快活。因此特教小生只做買魚，來請你們三個計較，成此一事。不知你們心意如何？」阮小五聽了道：「罷，罷！」叫道：「七哥，我和你說甚麼來？」阮小七跳起來道：「一世的指望，今日還了願心。正是搔著我癢處。我們幾時去？」（《水滸傳》第十五回）

讀罷原著，筆者發現上引《商界現形記》那兩段批語有三個問題：第一，這強盜的口吻發出者竟不是阮氏三雄中的任何一「雄」，而是鄉村學究智多星先生；第二，吳先生所說的也不是「圖個下半世快活」，而是「圖個一世快活」，多少有些走樣；第三，阮氏三雄中的最小「雄」阮小七雖然呼應了學究先生的話，但也是「宏觀呼應」，說什麼「一世的指望」云云。由此可見，《商界現形記》的作者和批者讀《水滸傳》時，恐怕有點兒囫圇吞棗，結果一不小心，弄出個張冠李戴。

或許有人會說，你這位筆者，是不是有教師職業病啊？有這樣要求人家讀書的嗎？尤其是有這樣要求別人閱讀欣賞小說的嗎？筆者誠懇接受批評，但同時還是要倔強地追究：在《水滸傳》中是否有哪位梁山好漢的口吻不折不扣可以作為馬扁人們的樣板？

工夫不負有心人，還真給找到了：

> 戴宗道：「小可兩個因來此間幹事，得遇壯士，如此豪傑，留落在此賣柴，怎能勾發跡？不若挺身江湖上去，做個下半世快樂也好。」石秀道：「小人只會使些槍棒，別無甚本事。如何能勾發達快樂？」戴宗道：「這般時節認不得真！一者朝廷不明，二乃姦臣閉塞。小可一個薄識，因一口氣，去投奔了梁山泊宋公明入夥。如今論秤分金銀，換套穿衣服。只等朝廷招安了，早晚都做個官人。」（《水滸傳》第四十四回）

原來，說「下半世快樂」原話的既不是阮氏三雄，也不是鄉村學究，而是已經上了梁山的神行太保。相對於老阮、老吳對美好生活的憧憬而言，老戴的話可是經驗之談喲！或者說，是更為標準的強盜口吻。

當然，本文的真正用意並不在於考證強盜口吻的原版究竟歸屬於《水滸傳》中的哪一位好漢，也不在於追究《商界現形記》的作者或批者引經據典的準確性與否問題。筆者的初衷只是想提醒讀者、尤其是現今的年輕讀者該如何讀書，尤其是該如何閱讀《水滸傳》這樣的名著。

像《水滸傳》這樣的書，絕不是蜜棗，而是核桃。

該怎麼吃呢？自已想去吧！

女人的好心和男人的出賣

人類最大的心靈悲劇就是有意無意之間將對自己最關心的人給出賣了，而這種「出賣」往往出現在心理極端緊張或極端放鬆的時候。或者反過來講，「高度緊張」和「高度鬆弛」這兩個極端的心理狀況，是人類最容易出賣朋友、出賣親人、出賣最關心自己的人的時刻。

「三言」中有一篇作品，寫一個當官人家的子弟程萬里被亂軍俘獲，成了張萬戶家的奴隸。表面看來，張萬戶對程萬里還算不錯，有一定的信任感，還配給他一個在戰亂中全家被殺的孤女白玉娘做妻子。實際上，張萬戶對程萬里等人的防範還是很嚴密的。然而，當白玉娘嫁給程萬里之後，卻發生了一件誰也想不到的事。白玉娘看出丈夫非等閒之輩，居然勸他趁機逃脫，博得個真正的前程萬里。而這位名叫程萬里的男人卻對妻子的話產生了極大的懷疑，認為妻子是張萬戶派來試探自己的「奸細」，於是，就出現了夫妻同床異夢的一幕：

> 其夜是第三夜了，程萬里獨坐房中，猛然想起，功名未遂，流落異國，身為下賤，玷宗辱祖，可不忠孝兩虧！欲待乘間逃歸，又無方便。長歎一聲，潸潸淚下。正在自悲自歎之際，卻好玉娘自內而出。萬里慌忙拭淚相迎，容顏慘淡，餘涕尚存。玉娘是個聰明女子，見貌辨色，當下挑燈共坐，叩其不樂之故。萬里是個把細的人，倉卒之間，豈肯傾心吐膽？自古道：夫妻且說三分話，未可全拋一片心。當下強作笑容，只答應得一句道：「沒有甚事。」玉娘情知他有含糊隱匿之情，更不去問他。直至掩戶息燈，解衣就寢之後，方才低低啟齒，款款開言道：「程郎，妾有一言，日欲奉勸，未敢輕談。

> 適見郎君有不樂之色，妾已猜其八九，郎君何用相瞞。」萬里道：「程某並無他意，娘子不必過疑。」玉娘道：「妾觀郎君才品，必非久在人後者。何不覓便逃歸，圖個顯祖揚宗。卻甘心在此，為人奴僕，豈能得個出頭的日子！」程萬里見妻子說出恁般說話，老大驚訝。心中想道：「他是婦人女子，怎麼有此丈夫見識，道著我的心事？況且尋常人家，夫婦分別，還要多少留戀不捨。今成親三日，恩愛方才起頭，豈有反勸我還鄉之理？只怕還是張萬戶教他來試我。」便道：「豈有此理！我為亂兵所執，自分必死。幸得主人釋放，留為家丁，又以妻子配我，此恩天高地厚，未曾報得，豈可為此背恩忘義之事！汝勿多言。」玉娘見說，嘿然無語。程萬里愈疑是張萬戶試他。（《醒世恒言．白玉娘忍苦成夫》）

程萬里這種懷疑和擔心是有道理的，因為他當時處於心理極端緊張的境況之中。在張萬戶家，他如同生活在龍潭虎穴，稍有不慎就會被強大的敵對力量撕得粉碎。因此，他必須處處設防，懷疑一切，就連夫妻之間也「未可全拋一片心」，因為這妻子是張萬戶「賜予」的。而現在這女人居然勸他逃走，那不是試探又是什麼？此情此境，程萬里無法確切判斷真假，只好將事態引向對自己有利的方向，保護自己是第一位的。於是，他做出了一個在他認為是非常正確其實是極端錯誤的決定：

> 到明早起身，程萬里思想：「張萬戶教他來試我，我今日偏要當面說破，固住了他的念頭，不來堤防，好辦走路。」梳洗已過，請出張萬戶到廳上坐下，說道：「稟老爹，夜來妻子忽勸小人逃走。小人想來，當初被遊兵捉住，蒙老爹救了性命，留作家丁，如今又配了妻子。這般恩德，未有寸報。況且小人父母已死，親戚又無，只此便是家了，還教小人逃到那裡去？小人昨夜已把他埋怨一番。恐怕他自己情虛，反來造言，累害小人，故此特稟知老爹。」張萬戶聽了，心中大怒，即喚出玉娘，罵道：「你這賤婢！當初你父抗拒天兵，兀良元帥要把你闔門盡斬，我可憐你年紀幼小，饒你性命。又恐為亂軍所殺，帶回來恩養長大，配個丈夫。你不思報效，反教丈夫背我，要你何用！」教左右：「快取家法來，弔起賤婢，打一百皮鞭！」那玉娘滿眼垂淚，啞口無言。眾人連忙去取索子家法，將玉娘一索捆翻。正是：分明指與平川路，反把忠言當惡言。程萬里在

> 旁邊，見張萬戶發怒，要弔打妻子，心中懊悔道：「原來他是真心，到是我害他了！」又不好過來討饒。

當白玉娘被張萬戶抓起來弔打的時候，程萬里曾經有一絲悔悟，但隨即又被偶而發生的一件事將「悔悟」顛覆了：張萬戶夫人由於其他原因救了白玉娘。於是程萬里對妻子的懷疑越來越重。而那位好心的妻子卻不知情由，三番兩次地勸說丈夫逃離。結果，白玉娘勸告丈夫一次，丈夫便去告發一次，直到張萬戶決意要賣掉白玉娘，程萬里才相信妻子的一片真心。但為時已晚，妻子終於被賣。儘管程萬里因此取得了張萬戶的信任，最終也借機逃脫虎口，並成為一名官員，但卻造成了夫妻分隔二十多年才重新見面的悲劇。而且，程萬里內心應該明白，他之所以能成功逃脫，乃是他一次又一次告發妻子而取得張萬戶信任的結果。誠如馮夢龍給該篇命名的標題那樣：「白玉娘忍苦成夫」。換言之，程萬里成功輝煌的後半生，都是那可憐的患難中的妻子忍受痛苦、屈辱的結果。這樣，就形成了程萬里對妻子永久的愧疚。

無獨有偶，在另一部擬話本小說集中也有一篇作品寫到女人的好心和男人的出賣。風流才子阮江蘭因為多看了應公子買來的揚州名妓畹娘幾眼，引起應公子的極端不滿，於是，這位惡霸公子便以畹娘的口氣寫封假信，約會阮江蘭，然後埋伏家丁將其拳打腳踢痛揍一頓，並要辦他個「夤夜入人家，非奸即賊」的罪名。幸而畹娘及時趕到，釋放了阮生。然而，這一番遭遇，卻讓畹娘真正愛上了阮江蘭。於是，這位大膽而又好心的名姬真正給風流才子寫了一封書信，告知應公子的陰謀，並希望那多情的男兒能拔自己脫離苦海，共偕白頭。不料，阮江蘭卻將這一紙情書交給應公子，他為什麼要這樣做呢？請看書中的解釋：

> 原來阮江蘭自幼父母愛之如寶，大氣兒也不敢呵著他，便是上學讀書，從不曾經過一下竹片，嬌生慣養，比女兒還不同些。前番被山陰婦女塗了花臉，還心上懊悔不過。今番受這雨點的拳頭腳尖，著肉的麻繩鐵索，便由你頂尖好色的癡人，沒奈何也要回頭熬一熬火性。又接著畹娘這封性急的情書，雖是真正的親筆，阮江蘭也不敢認這個犯頭。接書在手，反拿去出首，當面羞辱應公子一場。應公子疑心道：「我只假過一次書，難道這封書又是我假的？」拆開一看，書上寫道：「足下月夜虛驚，皆奸謀預布之故，雖小受折挫，妾已心感深情。倘能出我水火，生死以之，即白頭無怨

也。」應公子不曾看完，勃然大發雷霆，趕進房內，痛撻畹娘。立刻喚了老鴇來，叫他領去。阮江蘭目擊這番光景，心如刀割，尾在畹娘轎後，只等轎子住了，才納悶而歸。(《照世杯・七松園弄假成真》)

與程萬里一樣，阮江蘭是在極端緊張的情勢下出首畹娘的。因為此前他已經上了兩次「偷香竊玉」而不成的大當。前次是被山陰婦女塗了花臉，今番又受這拳頭腳尖，因此，他「一遭被蛇咬，三年怕草繩」，再也不相信那些不知真假的美女勾魂召喚了。乾脆，將情書交給應公子，戳穿他的詭計，讓他難堪。殊不知，「假作真時真亦假」，這次卻是真的情書，害得可憐的花魁娘子遭受毒打，並被再次賣到青樓。

儘管白玉娘和畹娘都經受了毒打和被賣的折磨，但她們還不算最痛苦的，因為她們在歷盡艱辛後畢竟與丈夫或情人團圓，並接受了丈夫或情人的愧悔和尊重。而另一部小說作品中的另一個女人，結局卻比白玉娘、畹娘更為淒慘，更有意味的是，其悲劇結局的起因卻也是「好心」。

在署名羅貫中的《殘唐五代史演義傳》中，有一個並不起眼的女性形象，但她的死亡卻讓人有一種說不出的遺憾。這位女性名叫玉鑾英，按小說中描寫，她是唐僖宗的御妹。唐末大亂時，「朱溫直殺至後宮，見帝妹玉鑾英正欲投井，……溫命鑾英近前，但見有閉月羞花之貌，沉魚落雁之容，……溫將鑾英假裝軍人，相雜而出」。(第五回) 最後，玉鑾英十分不情願地當了朱溫的妻子，但她內心深處還是向著她的娘家——大唐帝國。後來，當被唐僖宗頒旨稱之為晉王的李克用即將進入被朱溫暗殺的陷阱時，這位金枝玉葉的女子就向她的「皇兄」告密了：

只見一彪人馬，簇擁而來，近前但見：晉王頭戴金盔，身披金甲，坐於馬上。旁邊數個大漢，各執腰刀一口。朱溫迎接入城，邀入公廳，分君臣禮，參拜已畢，敘尊卑坐下。溫舉杯相勸。酒至數巡，朱溫進廳去更衣。只見玉鑾英急到廳前，滿眼流淚叫道：「皇兄，誰著你進此城來？」晉王曰：「是朱溫請我來。」鑾英曰：「他非是請你，他實有殺你之心。前後宅內都埋伏強壯兵士，飲酒中間，擊金杯為號，舞劍就要殺你，你可提防。」言畢，鑾英進去，卻躲在屏風後面。不移時，朱溫上廳問曰：「大王才與賤荊說甚麼話？」此時晉王酒已醉了，把鑾英講的話都說與朱溫。溫答曰：「怎敢殺君？」晉王曰：「既無此心，再斟酒來。」鑾英在屏風後聽到，「這老漢把我講的話都講與這老賊，他若不得殺你，定來殺我。」回到房內，自縊而死。（第二十三回）

玉鑾英好心的「告密」換來的卻是皇兄李克用漫不經心的洩密，結果，使得好心的女人命喪黃泉。這一段與上面白玉娘、畹娘的故事相比，男人出賣女人的情形是截然相反的。程萬里出賣白玉娘和阮江蘭告發畹娘都是因為極度緊張，李克用出賣玉鑾英則是因為極端鬆弛。在醉酒的狀態下，這位晉王將御妹好心告密的消息向真正的敵人和盤托出。

比較上述兩種情況，程萬里、阮江蘭的表現尚屬可以理解，而李克用的行為則不可原諒。因為，在極端緊張的氛圍之中，對來歷不明的信息產生懷疑，乃至於通過出賣進行反擊，從而得到自保。這種行為，儘管結果可能是錯誤的，但心理卻是正常的。而李克用漫不經心地出賣了玉鑾英，表面上看是由於醉酒，但實際上是對女人的不信任，大有點男人之間的事何用女人插嘴的意味。因而，即便是女人告訴他生命攸關的驚天秘密，他也是將信將疑的。再加上朱溫的一再追問和美酒的反覆刺激，他就將那女人冒著生命危險告訴他的消息當作閒談告訴了陰謀的設置者。這樣一種心態和做派，相對於程萬里、阮江蘭他們無可奈何的行為選擇，是更令人不能接受的。

換一個角度看問題，《七松園弄假成真》可能學自《白玉娘忍苦成夫》，而《白玉娘忍苦成夫》中這一個片斷則應該是從《殘唐五代史演義傳》中學過去並加以發展、開掘的。或者，兩篇擬話本小說的這段近似的描寫都來自《殘唐五代史演義傳》。但是，就寫作技法和實際效果而言，程萬里、阮江蘭的形象也遠比李克用要成功得多。第一，同樣處於危險境況之中，程萬里非常謹慎小心，阮江蘭也是思慮再三，這是很真實的，也符合主人公此時此刻的心路軌跡。而李克用呢？渾然不覺。須知，李克用是身經百戰、老謀深算的大將軍，難道對這種最常見的「鴻門宴」沒有看出端倪嗎？這不符合人物性格邏輯。第二，當有人提出建議或告密以後，程萬里、阮江蘭都是經過思想鬥爭的，最後才做出了告發以自保的決定。而李克用則是很簡單地借著酒興將不該說的話說了出來，沒有思考的過程，更沒有思想鬥爭的描寫。第三，程萬里對白玉娘的告發反反覆覆好幾次，阮江蘭在此前也曾反覆受過「桃色」陷阱的折磨，這就使得故事情節曲折有致，能讓讀者感到內心焦急，產生「讀下去」的強烈要求。而李克用對玉鑾英的出賣過程過於簡單，輕描淡寫，而且，當場揭秘，寫出玉鑾英自縊身亡的結果，很難引起讀者的閱讀興趣。

結論是：《白玉娘忍苦成夫》和《七松園弄假成真》中這兩個片斷均仿自《殘唐五代史演義傳》，但卻更加成功，大有青藍之勝。